老人與海

The Old Man and the Sea

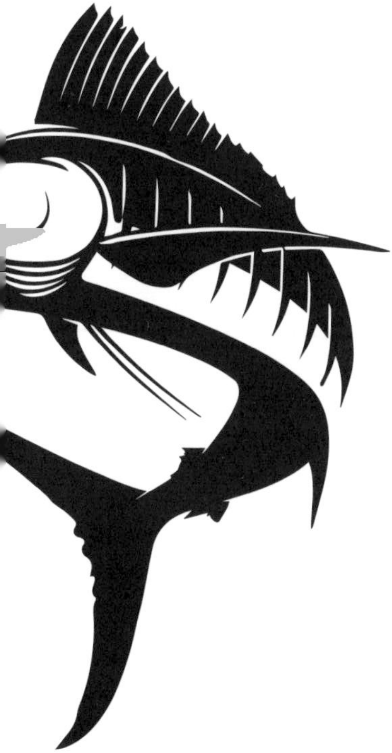

海明威 *Hemingway*

傅凱羚——譯

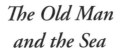

To Charlie Scribner

And

To Max Perkins[1]

---

1 Charlie Scribner：指查爾斯・史克里布納三世（Charles Scribner III），海明威的出版商史克里布納出版社老闆。Max Perkins：指麥克斯威爾・柏金斯（Maxwell Perkins），海明威的編輯與摯友。本書於一九五二年出版時，兩人均已過世，因此題辭紀念。

他這個老人，獨自划船在灣流[2]上捕魚，已經八十四天沒有漁獲了。最初的四十天，有個男孩跟他一起出海。可是四十天沒捕到魚後，父母對男孩說，這個老人現在絕對是犯晦氣[3]，也就是倒楣至極，所以男孩在父母要求下，改去第一週就捕到三隻好魚的另一艘船工作。老人每天回來時，船上都空空如也，孩子為這情景難過，總是會過去幫老人拿魚線捆，或是搭鉤[4]、魚叉及纏著船桅的船帆。船帆的破洞用麵粉袋補過，捲收起來，就像一面代表永遠失敗的旗幟。

老人瘦削又憔悴，後頸有深深的皺紋。熱帶海洋反射出的陽光，在他的雙頰留下良性皮膚癌的棕色斑痕，布滿臉龐兩側。與大魚之間的拉扯，則讓魚線在他手上留下深溝狀的疤。可是沒一條疤痕是新的，它們的歷史，就像無魚沙漠的蝕刻一樣久遠。

2 墨西哥灣流（Gulf Stream），全球最快洋流，源於墨西哥灣，越過北大西洋，流往北極海。
3 salao，語源於西班牙語的 salado（鹹的），引申為厄運纏身、犯晦氣。
4 gaff，前端帶有尖鉤的竿子。

他一切老邁，除了眼睛——他的雙眼與海水同色，既有精神，又毫無挫敗感。

「桑迪亞哥，」他們從小船停泊處上岸時，男孩對他說，「我可以再跟你一起出海。我們賺過一點錢。」

老人曾教這孩子捕魚，這孩子愛他。

「不行，」老人說，「你那艘船運氣好。你跟著他們。」

「可是你想想，有一次你八十七天沒捕到魚，之後連續三週，我們每天都捕到大魚。」

「我記得，」老人說，「我知道你不是懷疑我才離開的。」

「是爸爸要我走的。我只是小孩，得聽他的話。」

「我知道，」老人說，「這很正常。」

「他沒什麼信心。」

「是啊，」老人說，「可是我們有吧？」

「對。」男孩說，「我可不可以請你在露臺喝杯啤酒，再一起把東西拿回家？」

「當然好，」老人說，「兩個漁夫來喝一杯。」

他們在露臺酒吧坐下來。許多漁夫取笑老人，但他沒生氣。年紀較大的漁夫看著他，雖然難過，沒表現出來，而是客氣地聊著海流、放線的深度、穩定的好天氣，以及自己的見聞。當天豐收的漁夫們已經返航，宰殺捕來的馬林魚，將牠們打直平放在並排的兩塊木板上，每塊木板各由兩個男人搖搖晃晃地抬去魚倉，等冷凍卡車載去哈瓦那的市場。捕到鯊魚的人，則將漁獲送去小海灣另一端的鯊魚工廠，那裡的人會用滑車吊起鯊魚，取出肝臟，切下魚鰭，剝掉魚皮，將魚肉切成長條狀來醃漬。

吹東風的時候，鯊魚工廠就會有股味道傳遍港口；但今天氣味十分微弱，因為風向轉北，接著逐漸消失。此時的露臺酒吧舒適又有陽光。

「桑迪亞哥。」男孩說。

「怎麼了？」老人說。他握著酒杯，想著多年前的事。

「我可不可以弄幾隻沙丁魚來，給你明天用？」

「不行。去玩棒球吧。我還能划船，羅傑里歐會撒網。」

「我想去。如果我不能跟你一起捕魚，我想用別的方法幫忙。」

「你請我喝啤酒，」老人說，「你已經是個大人了。」

「你第一次帶我上船的時候，我幾歲？」

「五歲，而且你差點被弄死，因為我捕魚上來的時候，那隻魚太精力充沛，差點把船弄爛。你記得嗎？」

「我記得魚尾巴拍啊拍、砰砰撞著，槳手座位裂開，還有棍子撞擊的聲音。我記得溼答答的魚線捆放在船頭，你把我丟到那裡，我覺得整艘船都在晃動。你用棍子打他的聲音就像砍樹，甜甜的血味包圍我。」

「你是真的記得這件事，還是因為我告訴過你？」

「我們第一次一起出海後的每件事，我都記得。」

老人飽受日曬的眼睛，堅定而鍾愛地望著他。

「如果你是我的孩子，我會帶你去賭一把，」他說，「但你是你爸媽的孩子，而且你正在一艘幸運的船上。」

「那我去弄沙丁魚好嗎？我也知道去哪裡可以弄到四個餌。」

「我今天的份還留著，醃在箱子裡。」

「讓我弄四個新鮮的給你。」

「一個。」老人說。他從沒失去希望和自信，但現在看來就像起風時那樣變得更加精神抖擻。

「兩個。」男孩說。

「那就兩個。」老人說，「不是你偷來的吧？」

「我是可以偷，」男孩說，「但這些是我買的。」

「謝謝。」老人說。他太純真，所以沒有意識到自己何時開始待人謙卑。可是他知道自己做到了謙卑，而且也知道謙卑不可恥，無損真正的自尊。

「看這個海流，明天會是好天氣。」他說。

「你打算去哪？」男孩問。

「很遠的地方，等風轉向再回來。我想天亮前就出發。」

「我想辦法讓他也去那麼遠的地方捕魚，」男孩說，「這樣如果你釣到非常大的魚，我們就可以去幫忙。」

「他不喜歡去那麼遠的地方捕魚。」

「對啊，」男孩說，「可是我會看到他看不到的東西，比如有鳥在抓魚，我看到就會叫他趕上去追鬼頭刀[5]。」

「他的眼睛這麼差？」

「幾乎瞎了。」

「奇怪，」老人說，「他從來不抓海龜啊。抓海龜才傷眼睛。」

「可是你在蚊子海岸[6]抓了那麼多年的海龜，眼睛還不是沒壞掉。」

「我是奇怪的老頭。」

「但如果要捕一隻真正的大魚，你現在夠強壯嗎？」

「我想可以，而且有很多技巧能用。」

「我們把東西拿回家吧，」男孩說，「這樣我就可以拿投網去捕沙丁魚。」

他們拿走船上的裝備。老人將船桅扛在肩上，孩子搬著木箱，裡面裝了

5 原文為「dolphin」，既是海豚的英文名稱，也是鯕鰍（Coryphaena hippurus）的英文別名。就文中敘述，推知海明威應指鯕鰍，在台灣通稱為「鬼頭刀」。

6 蚊子海岸（Mosquito Coast），位於中南美洲尼加拉瓜東岸。其名源於中美洲的莫斯基托人（Miskito people），讀音與蚊子（mosquito）相近，故名之。

紮實編織的棕色線捆、搭鉤和帶柄的魚叉。裝餌的箱子就在小船的尾部，旁邊是將大魚帶到船邊時，用來制服牠們的棒子。沒人會偷老人的東西，但把船帆和沉重的繩索帶回家比較好，一方面是露水會損害這些東西，一方面是老人雖然很確定沒有當地人會偷他的東西，但也沒必要將搭鉤和魚叉留在船裡誘惑人。

他們一起走回老人家，門沒關，他們直接進去。老人將裹著帆的船桅靠著牆，男孩將箱子及其他裝備放在船桅旁，船桅與這小屋的唯一房間幾乎等長。有種大王椰子叫做guano[7]，小屋便是以它強韌的葉鞘蓋成；屋裡有一張床，一張桌子，一把椅子，骯髒的地上有用炭火煮食的地方。褐色牆面是以guano纖維結實的葉子疊合而成，上面有兩張彩色圖片，一張是耶穌的聖心像，另一張是科布雷[8]的聖母像。這些是他太太的遺物。牆上曾有一張他太太的著色相片，但他看到就會覺得太寂寞，所以拿下照片，收進角落的櫃子裡，壓在乾淨衣服下。
「你有什麼東西吃？」男孩問。
「一鍋黃米配魚。你想吃一點嗎？」
「不要。我回家再吃。你要我生火嗎？」
「不用。我晚點會弄。不然我也可以吃冷飯。」
「我可以拿撒網嗎？」
「當然可以。」
根本沒有撒網，這孩子也記得他們什麼時候賣掉它，但他們還是天天裝模作樣講一遍。一鍋黃米配魚不存在，孩子也知道。
「八十五是幸運的數字，」老人說，「你想不想看我抓一隻去掉內臟還有上千磅的魚？」
「我去拿撒網、弄沙丁魚。你會坐在門口曬太陽嗎？」

7 guano 其實是許多種棕櫚樹的西語泛稱，並非同屬棕櫚科的大王椰子（royal palm），兩者葉形有明顯差異。
8 科布雷（El Cobre）為古巴地名。該地的聖母堂為重要朝聖地。

「會。我有昨天的報紙，我要看棒球新聞。」

男孩不知道所謂昨天的報紙是否也不存在。不過老人從床底下拿出報紙。

「佩德里寇在酒館給我的。」他解釋。

「我弄到沙丁魚就回來。我會把你的和我的一起擺在冰上，這樣我們早上就可以分著用。等我回來，你要跟我講棒球的事。」

「洋基隊是不會輸的。」

「但我怕克利夫蘭印地安人隊。」

「對洋基隊要有信心，孩子。想想偉大的狄馬喬[9]。」

「底特律老虎隊和克利夫蘭印地安人隊，我都怕。」

「小心點，不然你會連辛辛那提紅人隊和芝加哥白襪隊都怕。」

「你先研究，等我回來再告訴我。」

「你覺得我們該買尾數是八十五的彩券嗎？明天就是第八十五天了。」
「可以啊，」男孩說，「但你那八十七天的重要紀錄呢？」
「不可能發生兩次。你找得到號碼有八十五的彩券嗎？」
「我可以買一張。」
「就一張。那要兩塊半。我們能找誰借這筆錢？」
「簡單。我隨時借得到兩塊半。」
「我想我說不定也可以。不過我盡量不跟人家借。先是借，之後就會討了。」
「別著涼了，老爹。」男孩說，「要記得現在是九月啊。」
「這是大魚會來的月份，」老人說，「五月的話，誰都捕得到魚。」
「我去弄沙丁魚了。」男孩說。
男孩回來的時候，老人已經在椅子上睡著，太陽下山了。男孩從床上拿

9 喬．狄馬喬（Joe DiMaggio），紐約洋基隊的傳奇球星，活躍於三〇及四〇年代。

下舊軍毯，包著椅背，向前披在老人的肩膀上。老人的肩膀古怪，雖然非常老了，但仍然強而有力，脖子也依舊強硬，睡著的時候，頭向前垂著，皺摺就不怎麼明顯。他的上衣像船帆一樣補過很多次，補丁在陽光曝曬下，顏色褪得深淺不一。老人年邁的臉龐在閉上眼睛後，沒有一絲生機。報紙擺在他的膝蓋上，因為手臂壓著，所以不至於讓夜晚的微風吹走。他光著雙腳。

男孩沒有叫醒他，再回來時，老人仍在睡覺。

「醒醒，老爹。」男孩說，同時伸手放到老人的膝蓋上。老人睜開眼睛，從遙遠的地方回神片刻，然後他微笑。

「你帶了什麼？」他問。

「晚餐，」男孩說，「我們得吃晚餐。」

「我沒有很餓。」

「過來吃啦。你不能不吃東西就捕魚。」

「我沒問題。」老人說，站了起來，將報紙拿起來摺好，隨即摺起毯子。

「你繼續裹著毯子。」男孩說，「只要我還活著，你就不可以沒吃東西就去捕魚。」

「那你就活得長長久久，照顧自己。」老人說，「我們要吃什麼？」

「黑豆飯、炸香蕉和一些燉菜。」

男孩從露臺酒吧用雙層金屬便當盒打包回來。兩組刀叉和湯匙在他的口袋裡，各自用一張餐巾包好。

「誰給你的？」

「馬丁。就是老闆。」

「我一定要謝謝他。」

「我謝過他了，」男孩說，「你不用再謝了。」

「我要給他一條大魚的腹肚肉，」老人說，「他這樣對我們不是第一次了吧？」

「我想不是。」

「那我不能只給他腹肚肉而已。他很關心我們。」

「他送了兩份啤酒。」

「我最喜歡罐裝啤酒了。」

「我知道。不過這是瓶裝的，哈杜威啤酒[10]。我要把瓶子還回去。」

「你真是太好了。」老人說，「我們該吃飯了？」

「我一直要你吃啊，」男孩溫和地對他說，「等你要吃了，我再開便當。」

「我準備好了，」老人說，「只要讓我洗個手就好。」

你要去哪裡洗？男孩心想。村裡的水源離這裡隔兩條街。我得裝水過來給他才行，男孩想，此外還有肥皂和一條好毛巾。我為什麼那麼粗心？我得給他弄一件上衣和一件外套來過冬，再來雙鞋子、一條毯子。

「你帶的燉菜太好吃了。」老人說。

「跟我說說棒球有什麼消息。」男孩要求他。

「美聯[11]就是洋基稱霸啊，跟我說的一樣。」老人開心地說。

「他們今天輸了。」男孩告訴他。

「那不代表什麼。偉大的狄馬喬又恢復本色了。」

「他們隊上還有其他人哩。」

「當然，但他才是關鍵。另外一個聯盟[12]的話，布魯克林隊[13]和費城隊，我一定支持布魯克林隊。可是我又想著迪克．西斯樂[14]，還有他在老球場[15]的

10 哈杜威（Hatuey）啤酒是古巴的啤酒品牌，數度出現在海明威的作品中。「哈杜威」之名源於十六世紀印地安酋長，他曾率領游擊隊抵抗西班牙人，被譽為古巴首位國家英雄。

11 美國聯盟（American League，簡稱美聯）與國家聯盟（National League，簡稱國聯），於一九〇三年共同成立美國職棒大聯盟（Major League Baseball，簡稱大聯盟）。

12 指國家聯盟。

13 此指布魯克林道奇隊（Brooklyn Dodgers），後改名為洛杉磯道奇隊（Los Angeles Dodgers）。

14 迪克．西斯樂（Dick Sisler）在一九五〇年球季的最後一場比賽，為他當時效命的費城人隊擊出全壘打，擺脫與道奇隊膠著的戰績，令費城人隊晉級季後賽，西斯樂亦一戰成名。

15 此處所指的老球場（old park），可能是費城人隊一九三八年到一九七〇年的主場夏布球場（Shibe Park）。

偉大猛擊。」

「那些打擊真是史上空前的表現。他敲出的球，是我見過飛最遠的。」

「你記不記得他以前常常來露臺酒吧？我想過找他去捕魚，但我太膽小了，不敢問他。之後我叫你去問他，結果你也太膽小。」

「我知道。那真是個大錯。他可能會跟我們一起去呢。然後我們一輩子都會記得。」

「我想帶偉大的狄馬喬去捕魚，」老人說，「大家說他爸是漁夫。說不定他以前也跟我們一樣窮，能了解我們的心情。」

「至於偉大的西斯樂，他爸從來沒窮過，而且在我這個年紀，就已經在大聯盟打球了。」

「我在你這個年紀的時候，在一艘張著橫帆的船上當水手，專門來往非洲，我看過夜晚的沙灘上有一群獅子。」

「我知道。你跟我說過。」

「我們要聊非洲還是棒球？」

「棒球吧，」男孩說，「跟我講偉大的約翰・喬大・馬格羅[16]的事。」他把馬格羅的中間名念做「喬大」。

「他以前有時候也會來露臺酒吧。可是他喝了酒就變得粗魯、講話難聽又難搞。賽馬跟棒球對他來說一樣重要。無論如何，他的口袋隨時都有賽馬的名單，講電話也常常說到馬的名字。」

「他是一個偉大的總教練，」男孩說，「我爸覺得他是最偉大的。」

「因為他來這裡最多次，」老人說，「如果迪羅樹[17]每年都來這裡，你爸就會認為他是最偉大的總教練。」

「那到底誰才是最偉大的總教練？是魯克，還是麥克・岡薩雷茲？」

16 約翰・J・馬格羅（John Joseph McGraw），美國職棒總教練，生涯勝場數史上第二。男孩將他的中間名「喬瑟夫」（Joseph）念成「喬大」（Jota）。

17 李歐・迪羅樹（Leo Durocher）同下文提及的多夫・魯克（Dolf Luque）、麥克・岡薩雷茲（Mike Gonzalez），均是與約翰・J・馬格羅活躍於同一時期的職棒教練。魯克與岡薩雷茲被譽為「哈瓦那之光」。

「我覺得他們一樣。」

「而你是最棒的漁夫。」

「不是。我知道有些人比我厲害。」

「（西語）不可能，」男孩說，「好漁夫很多，偉大的也有幾個。不過你獨一無二。」

「謝謝你。你把我逗樂了。希望之後出現的魚不會大到證明我們是錯的。」

「如果你還是壯得跟你說的一樣，那就沒有這種魚。」

「我可能沒有自己想得壯，」老人說，「不過我知道很多技巧，而且我有決心。」

「你現在應該睡覺了，早上精神才會好。我把東西拿回露臺酒吧。」

「那就晚安了。我早上會叫你起床。」

「你是我的鬧鐘。」男孩說。

「而叫醒我的是年紀。」老人說，「老年人為什麼醒得那麼早？是因為要把一天過得比較長嗎？」

「我不知道，」男孩說，「我只知道小孩子晚睡，睡得又熟。」

「我記得。」老人說，「我會準時叫你。」

「我不喜歡讓他來叫醒我。那感覺好像我比較遜。」

「我知道。」

「好睡，老爹。」

孩子離開了。他們吃飯的時候，桌上就沒開燈，老人在黑暗中脫下長褲，摸黑到床上去。他將褲子捲成枕頭，將報紙放在裡面。他用毯子裹住自己，睡在蓋住床鋪彈簧的舊報紙上。

他很快入睡，夢到少時見到的非洲，那些漫長的金色海灘與白色海灘，白到讓人感到刺眼；還有高聳的岬角，以及龐大的褐色山脈。他現在每晚都住在那個岸邊，在夢裡，他會聽見海浪的咆哮，見到本地的船隻破浪而來。他睡覺時會嗅到焦油與甲板裡麻絮[18]的味道，早上則會聞到大地微風送來非洲的氣息。

他通常在聞到大地氣息的時候醒來，換好衣服出門，叫醒男孩。可是今晚大地微風的氣味非常早就出現了，他明白它在夢裡出現得太早，所以繼續做夢，去見群島自海面聳起的白色山峰，然後夢見加那利群島[19]的不同港灣與船隻停泊處。

他不再夢到暴風雨，也不再夢到女人，不再夢到發生什麼大事，不再夢到超大的魚，沒有戰鬥，沒有力氣之爭，沒有他老婆。他現在只會夢到一些地方，夢到海灘上的獅群。他們在黃昏中像小貓一樣玩耍，他對他們的愛，就像他對那孩子的愛。他從來沒夢過那個孩子。他會直接醒來，從敞開的門望向外頭的月亮，攤開長褲換上。他在小屋外頭解尿後，沿路走去叫醒男孩。早晨的寒冷讓他發抖，可是他知道顫抖能讓身體變得溫暖，等到他要划船時，身體已經暖和起來了。

男孩住的房子門沒上鎖，他安靜地赤腳走進去。男孩睡在第一個房間的輕便帆布床上，月亮即將隱沒，但光芒足以讓老人清楚看見他。他輕輕抓住男孩的一隻腳，就這樣抓著，直到男孩醒來，轉過身看著他。老人點點頭，男孩從床邊的椅子上拿了長褲，坐在床上穿起來。

老人出門，男孩跟著他。他發睏，老人用一隻手臂環抱他的肩膀說：

「對不起。」

「（西語）才不會，」男孩說，「男人就是要這樣。」

他們前往老人的小屋，在黑暗中，一路上都有人赤著腳帶著自家船隻的船桅在走動。

18 自舊麻繩解出的繩線，用來填補甲板等處的縫隙以防水。

19 加那利群島（Canary Islands），位於摩洛哥西南方，西班牙的自治區之一。

他們到了老人的小屋後，男孩拿了裝在籃裡的線卷、魚叉、搭鉤，老人將船桅連著捲起的船帆一起扛在肩頭。

「你要喝咖啡嗎？」男孩問。

「我們先把裝備放到船上就去喝吧。」

有家店清早營業，專門做漁夫的生意，他們在這裡用煉乳罐喝咖啡。

「你睡得怎樣，老爹？」男孩問。他現在漸漸清醒，雖然尚未完全擺脫睡意。

「非常好喔，馬諾林。」老人說，「我今天很有自信。」

「我也是。」男孩說，「現在我得去拿你和我的沙丁魚，還有你的新鮮魚餌。他會自己帶我們的裝備，他一直不要別人幫他拿任何東西。」

「我們不一樣，」老人說，「你五歲的時候，我就讓你拿東西了。」

「我知道。」男孩說，「我馬上回來。你再喝杯咖啡吧。我們在這裡可以賒帳。」

他赤腳踩著珊瑚礁岩離開，走向貯放魚餌的冰庫。

老人慢慢地喝著咖啡。一整天只有這杯咖啡會落肚，他知道自己應該好好喝。他已經厭倦進食很久了，從來也不會帶午餐出海。他在船頭放了一瓶水，一天需要的就這麼多。

男孩帶著沙丁魚和用報紙裹好的兩個魚餌回來，兩人沿著小路走到小船邊，感覺腳下沙地滿是石礫，一邊抬起小船，滑進水裡。

「祝你好運，老爹。」

「祝好運。」老人說。他將船槳的繩結套在槳架上，俯身將水中槳葉往相反的地方推，在黑暗中划離港邊。岸邊其他處有別的船隻駛向大海，即使現在月亮已經下山，老人看不見他們，依然聽得到槳葉落水與划動的聲音。

有時候其他船上會有人講話。不過多數船隻除了槳葉的落水聲以外，一片沉默。大家離開港口後，就分散開來，各自駛往自認有望收穫的海面。老人知道自己要去遠處，就離開了陸地的氣味，划進海洋清新的黎明氣息裡。他划過一處海面時，看見水裡馬尾藻屬海草的磷光，漁夫稱這裡為「大井」，因為水深在此突然下降七百噚，水流遇上海底的絕壁，產生了漩渦，使得這裡聚集了各種海中生物。蝦子、適合作餌的魚，集結此處，有時最深的洞裡還有成群烏賊，牠們在夜裡浮到將近海面的地方，所有遊蕩的魚類便前來覓食。

在黑暗中划船的老人，感覺得到快要早晨了，他聽見飛魚出水的震顫聲，還有牠們在黑暗中滑翔而去時，像翅膀的一對堅直胸鰭，發出了嘶嘶聲。他非常喜歡飛魚，牠們是他在海上主要的朋友。他為鳥感到難過，特別是又小又優雅的黑色燕鷗，牠們老是一邊飛一邊覓食，但幾乎從來沒找到任何食物，他心想，除了打劫為食與特別強壯的鳥類之外，鳥過得比我們辛苦。為什麼燕鷗之類的鳥要生得那麼柔弱又纖細？畢竟海洋有時極其殘酷啊。她既仁慈又非常美麗，可是她有時極其殘酷，而且態度轉變得突然。飛翔、啄水與狩獵的這些鳥，哀鳴也微小，對海洋來說，未免生得太過脆弱。

他心裡總是將大海喚為 la mar[20]，大家愛她時，都用這句西語稱呼她。愛她的人有時會說她的壞話，但他們永遠將她敘述成一個女人。

有些年輕的漁夫會將浮筒當作魚線的浮標，賣鯊魚肝賺了一大筆錢之後，就去買汽艇，這些漁夫則叫她 el mar，將她看作男性。他們視她為對手、地點，甚至是敵人。可是老人總將她想成女性，一個會給予也會收回莫大恩惠的對象，如果她做了野蠻或壞心的事，那是因為她無法幫助他們。月亮像影響女人一樣地影響大海，他想。

他穩穩地划著船，因為將速度保持在能力範圍內，所以毫不費力，而海面除了偶有水流漩渦之外，一切平靜。他將三分之一的施力交給水流，天色

20 「mar」為西班牙語的「海」，「la」為陰性單數定冠詞，下文提到的「el」則是陽性單數定冠詞。

轉亮的時候，他發現已經超出這個時間原定要走的距離。

我在幾個深井處忙了一星期，什麼也沒收穫，他心想。今天我要去棲息各種鰹魚和長鰭鮪魚的地方捕魚，說不定那裡會有一隻大魚跟牠們在一起。

天還沒有很亮的時候，他放出魚餌，讓餌隨海流漂浮。一個餌下放四十噚。第二個有七十五噚深，第三個、第四個沉在藍色水中的一百噚與一百二十五噚深處。每個餌都是魚頭向下，鉤柄沒入餌魚身體，紮實綁起及縫住，以新鮮沙丁魚身覆蓋著鉤子所有突出的部分，包括彎曲及尖銳處。鉤子穿過每隻沙丁魚的雙眼，突出的鋼鉤就像半個花環。鉤子上沒有哪個部分會讓大魚覺得聞起來不誘人、吃起來不美味。

孩子給了他兩隻新鮮的小鮪魚，牠們也可能是長鰭鮪魚，現在正像鉛錘一樣掛在垂降最深的兩條魚線上；至於其他魚線，他放了一隻大金鰺和一隻巴托洛若鰺，雖然牠們之前當過餌了，但狀態還過得去，而且有上好的沙丁魚為牠們帶來氣味與吸引力。每一條魚線都跟粗鉛筆一樣粗，綁著一支新折的樹枝，若有任何外力拉動或碰觸魚餌，樹枝就會下降。此外，每根魚線都有兩捆各四十噚的線長，還可以迅速接到其他的備用線卷，若有必要，一隻魚可以拉出三百噚以上的線。

現在他看著三根樹枝在船側沉浮，他輕輕划動，讓魚線挺直保持在適當的深度。天色相當亮了，太陽隨時會升起。

太陽淡淡地自海上升起，老人看見其他船了，那些船低伏於水面，相當靠近岸邊，散布在海流上。接著太陽更燦爛了，耀眼的光照射海面，隨著清晰的日出，平靜的水面將陽光映入他的眼簾，帶來劇痛。他一邊避開不看，一邊划船。他俯視水裡，見到魚線筆直伸入黑暗的水中。他將魚線保持得比別人的更直，所以每一層黑暗的海流，都有一個餌恰恰位在他的理想位置，等待游經該處的任何一隻魚。其他漁夫會讓魚餌隨波逐流，所以他們以為餌有一百噚深時，有時只有六十噚深。

不過我精確控制著餌，他想。只是我已經不再走運了。但誰又說得準？也許今天就會出現轉機。每天都是新的一天。幸運當然是更好。可是我寧可嚴謹。這樣一來，好運降臨的時候，你就準備好了。

現在已經過了兩小時，太陽更高了，他看向東方時，眼睛不再那麼刺痛。他現在只看得到三艘船，船身在他的視野中非常低，而且離岸邊有一段距離。

清早的太陽傷了我的眼睛一輩子，他心想。然而太陽還是很棒。我在傍晚可以直視，不會看到黑影。傍晚的太陽也更具力量。不過早晨的陽光令人痛苦。

就在這時，他看到漆黑的長長翅膀，有隻軍艦鳥正盤旋在前方的天空。他[21]的翅膀向後掠，先急速打斜俯衝，然後再度盤旋。

「他找到東西了，」老人大聲說，「不只是看看而已。」

他緩慢而穩定地往軍艦鳥盤旋的地方划。他不趕，讓魚線上下保持筆直。他前進得稍微比海流快，如果不是要藉由鳥來勘查，他的速度會慢些，不過他仍然以正確的方式捕魚。

鳥飛到更高的空中，再度盤旋，停止拍翅，接著突然潛進水中。老人看見飛魚衝出海水，急迫地掠過水面。

「鬼頭刀，」老人大聲說，「大鬼頭刀。」

他放下槳，從船頭底下拉出一條短線。這條線有一個金屬導線和一個尺寸中等的鉤子，他拿了一隻沙丁魚作餌，從船側放下，緊緊綁在船尾的一個帶環螺栓。接著他為另一條魚線裝餌，盤好放在船頭的陰影中。老人繼續划船，看著那隻翅膀修長的黑鳥，現在正在近水處覓食。

21 作者在書中常以「他」（he）、「她」（she）來指稱桑迪亞哥較為敬重的動物，而非動物常用的「牠」（it）。有時亦會因為桑迪亞哥對某一動物的轉變，而從「牠」慢慢改為「他」或「她」。

他看著鳥再次入水，斜著翅膀潛泳，一邊跟隨飛魚，一邊瘋狂又徒勞地揮舞翅膀。老人看得到大鬼頭刀追趕脫逃魚隻造成的海水波瀾。鬼頭刀穿越飛魚滑翔的下方海水，飛魚落下的時候，牠們就迅速撲了上去。好大一群鬼頭刀啊，他心想。牠們分散開來，飛魚逃走的機會渺茫。鳥根本毫無勝算。飛魚對鳥而言太大，牠們又移動得太快。

老人看著飛魚不斷湧出水面，以及軍艦鳥無用的作為。這一票離開我了，他心想。牠們向外移動得太快也太遠。不過說不定我會遇上一隻迷路的，而我的大魚也許就在牠們的附近。我的大魚一定就在某個地方。

陸地上的雲，現在像山脈一樣隆起，海岸只剩一條長長的翠綠線條，後方有灰藍色的山丘。海水現在是深藍色，幾乎像是紫色。他低頭看去的時候，見到深色水裡有細碎的紅色浮游生物，以及太陽現在製造的古怪光彩。他看向自己的魚線筆直沒入水中，消失不見，他很高興看到那麼多浮游生

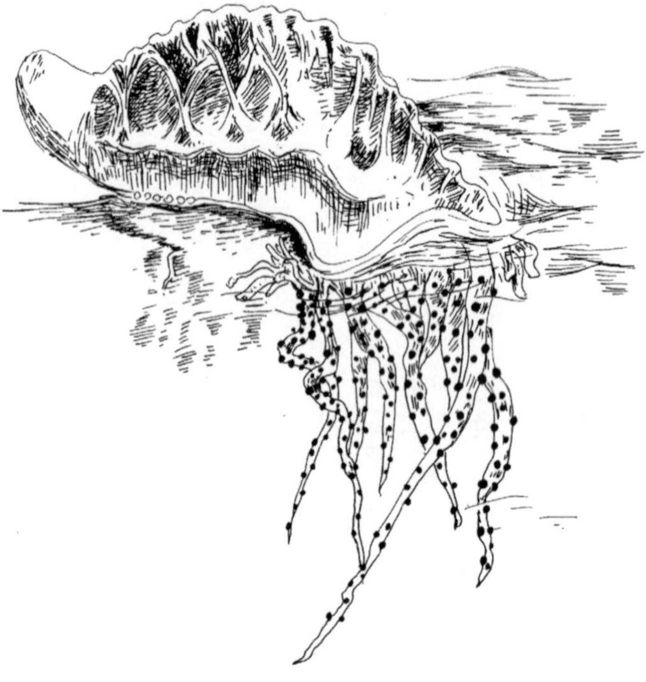

物，這代表著這裡有魚。太陽現在更高了，陽光在水裡製造的奇特光彩，以及陸地上空的雲朵形狀，代表今天會是好天氣。不過現在他幾乎看不見鳥了，水面上什麼也沒有，只有幾片受太陽曬到褪色的黃色馬尾藻，還有討厭的僧帽水母，露出形狀完整的珍珠光紫色膠質氣鰾，漂浮在船邊。牠先翻到一側，又讓身體回正，像個泡泡似地愉快漂浮，致命的紫色細長觸鬚在水中拖在身後，長達一碼。

「（西語）僧帽水母[22]，」老人說，「你這爛貨。」

他一邊輕輕划槳，一邊俯視水中，看見顏色與拖行的觸鬚一樣的小魚，正游在觸鬚之間，就在水母浮轉所形成的氣泡陰影底下。牠們對水母的毒性免疫，可人不是。老人捕魚的時候，如果讓這種觸鬚碰到魚線，又黏又紫地留在上面，老人的手臂和手掌就會出現疼痛的條狀傷痕，像中了野葛或毒漆樹的毒，不過僧帽水母的毒發作更迅速，中了就像鞭子在抽你。

22 原文是「agua mala」，為加勒比海地區對僧帽水母（Portuguese man o' war）的俗稱。

珍珠色的泡泡很美，但老人愛看大海龜吞掉這些水母，因為牠們是海裡最虛假的東西。海龜一看見牠們，就會從正面接近，然後閉上眼睛，全身縮在甲殼裡，連著觸鬚吞下整隻水母。老人愛看海龜吃牠們，自己也愛在暴風雨過後，在沙灘上踐踏牠們，聽著長了硬繭的腳將牠們踩爆的聲音。

他愛綠蠵龜和玳瑁，愛牠們的優雅、速度與珍貴的價值。龐大又笨拙的赤蠵龜，老是瑟縮在殼裡，做愛方式很怪，會開開心心閉著眼睛吃僧帽水母，讓老人覺得親切，但是不屑。

他在捕海龜的船上待了好幾年，對烏龜不抱神祕的想法。他為所有海龜感到遺憾，就連身長跟小船相當、重達一噸的巨大革龜也一樣。大多數人對海龜冷漠以待，因為龜類的心臟在身體遭到切開與屠宰之後，還會跳動幾個小時。可是老人認為，我也有這樣的心臟，我的手腳也像牠們。他會吃白色的龜蛋來補充體力。整個五月，他都在吃這些蛋，好讓自己有力氣在九月與十月抓真正的大魚。

許多漁夫貯存裝備的小屋裡，有一大桶鯊魚肝油，他也每天喝一杯。這桶油供所有想喝的漁夫飲用，大多數漁夫討厭鯊魚肝油的味道，可是與他們的起床時間相比，喝也沒比較糟，這對於抵抗所有風寒、流感都非常有用，又對眼睛很好。

老人現在抬頭望去，那隻鳥又在盤旋了。

「他找到魚了。」他大聲說。沒有飛魚躍出水面，餌魚也沒有散開。可是老人一看去，一隻小鮪魚就跳到半空，轉身，迎頭落入水裡。那隻鮪魚在太陽下閃著銀光，跳回水裡以後，其他鮪魚一隻隻出現，往各種方向躍起，翻騰海水，跳了很長的距離去追逐魚餌。他們圍著餌繞圈圈，衝擠著餌。

如果他們沒游太快，我就可以下手了，老人心想，他看著那一群魚將水翻出白浪，鳥現在飛下來，啄著在混亂的魚群中被擠到水面來的餌魚。

「鳥幫了大忙。」老人說。船尾那條魚線原本盤在他的腳下，此時卻繃緊起來，他放下槳，緊握魚線，開始往上拉，感覺到那隻小鮪魚正顫抖地拉動魚線。老人拉上愈多線，扯動愈強烈，他先是看得到水中的藍色魚背與金色身側了，然後奮力將魚往一旁甩進船內。魚在太陽下躺在船尾，結實的身體呈子彈形狀，一邊瞪著又大又不聰明的眼睛，一邊以俐落又敏捷的尾巴不斷急急拍打船板，在撞擊中逐漸失去性命。老人出於好心，打了他的頭，踢了他，但他的身體仍然在船尾的陰影裡顫抖。

「長鰭鮪魚，」他大聲說，「他可以當完美的魚餌。有十磅重。」

他不記得自己何時開始在獨處時自言自語。以前他獨自一人時會唱歌，在小漁船或捕龜船上獨自值班掌舵的夜，有時也會唱歌。他可能是在男孩離開之後，獨自一人，才開始說話出聲，不過他不記得了。他和男孩一起捕魚，通常只有必要才開口。他們會在晚上說話，或是受困於壞天氣的暴風雨時才說話。非必要時不說話，在海上是一種美德，老人始終這樣想，很重視這件事。可是現在反正也妨礙不了任何人，他就說出自己的想法。

「如果別人聽到我大聲說話，一定覺得我瘋了。」他大聲說，「但既然我沒瘋，我才不管哩。有錢人的船上有收音機會對他們說話，講棒球新聞給他們聽。」

現在沒時間想棒球的事了，他心想。現在該來只專注一件事了，那就是我天生該做的事。那群魚附近可能有一隻大魚。我釣到的只是鮪魚群裡吞餌而落單的那一隻。可是他們快速往遠處去了。今天水面出現的所有東西都游動得非常快，向東北方去。是因為在這個時間嗎？還是有我不知道的天氣變化要來了？

他現在看不到綠色的海岸線了，只見藍色的山丘有白色的頂部，就像覆蓋著雪，上方是高大雪山般的雲朵。海的顏色非常深，光在水裡折射出七彩顏色。浮游生物的無數斑痕，現在都消失在高懸的太陽底下，老人只看得到藍色海中廣闊又深邃的七彩折射，伴隨著直直深入水中一哩的魚線。鮪魚又下潛了。鮪魚那一類的各種魚，漁夫們都以「鮪魚」相稱，只有到了出售或用來交換魚餌的時候，才會以正確名稱稱呼。老人的頸背感覺到陽光正熾熱，也感覺划船的時候，汗水正一滴滴流下背部。

我任其隨意漂流就好，他心想，我可以睡覺，將魚線圈綁在我的腳趾頭，好讓它叫醒我。不過今天是第八十五天，我應該在這個日子好好捕魚。

就在老人看著魚線的這一刻，其中一根突出的綠枝猛然下沉。

「好啊，」他說，「好極了。」他放下槳，注意不發出碰撞聲。他抓著魚線，將線輕輕固定在右手大拇指與食指間，既沒感覺到魚線繃緊，也沒感覺到拉力，所以輕鬆固定了線。接著又傳來了拉扯感，這次是試探性的拉動，既不紮實也不用力，但他清清楚楚這是怎麼回事。一百噚底下，一隻馬林魚正在享用蓋滿在鉤子的沙丁魚，手工鍛造的魚鉤從一隻小鮪魚的頭部探出。

老人謹慎地握著線，輕輕以左手將魚線從浮標上解開。這樣他可以讓線從手指間溜過去，不會讓魚有一絲緊繃感。

老人心想，離岸這麼遠，又是這個月份，他一定很肥大。吃吧，魚呀。吃掉。請吞下去。這些魚多麼新鮮啊，而你在如此冰冷的海水裡，身處六百呎深的黑暗中。

在漆黑中再轉一圈，就回來吃他們吧。

他感覺到輕柔又微弱的一拉，進而是更有力的一扯，一定是因為某隻沙丁魚的頭比較難從鉤子咬下。然而接下來毫無動靜。

「來啊。」老人大聲說，「再轉一圈。聞聞他們就對了。很吸引人吧？現在就把他們吃得一乾二淨，然後鮪魚就在嘴邊了。又硬又冷又好吃。魚啊，不要害羞。吃吧。」

他將線放在大拇指與食指之間等待著，同時注意這條線及其他魚線，因為那隻魚可能會游上游下。接著，同樣微弱的拉動感再次出現。

「他會吃的。」老人大聲說，「上帝保佑他吃下去。」然而他沒有吃。他離開了，老人什麼動靜都沒接收到。

「他不可能走。」他說，「老天知道他不可能離開。他在打轉。說不定他以前上鉤過，所以他記得一些感覺。」

接著他感覺魚線輕輕一動，他好高興。

「他剛才只是在打轉，」他說，「他會吃掉餌。」

他為了這輕微的拉動而快樂，然後他感受到有重得不可思議的東西使勁一扯。是那隻魚的重量，他讓線溜下去，持續向下，展開兩捆備用線的第一捆。就在線輕滑過老人的手指間不斷下降之時，他的拇指與食指幾乎不用力，但他仍感覺得到那隻魚極為沉重。

「好一隻魚，」他說，「他現在橫咬著鉤子，要帶著它離開啦。」

然後他會翻身，吞下鉤餌，老人心想。他沒說出口，因為他知道人若說出好事，好事可能就不會發生了。他知道這是隻了不起的大魚，他覺得那隻魚正橫咬著那隻鮪魚，在黑暗中游開。在這一刻，老人感到他不動了，但是重量還在。接著重量加劇，他放出了更多線。他用大拇指與食指捏緊了線一下，那股重量隨之增加，然後直線下沉。

「他吃餌了，」他說，「現在就讓他吃得一乾二淨吧。」

他讓線溜過指縫之間，同時左手拿起兩捆備用魚線的閒置線頭，以及另外一條魚線的兩捆備用線，將前者緊緊繫在後者的線圈上。他準備好了。現在他有三捆四十噚的線待命，另外還有他正在用的這條線。

「再吃一點，」他說，「好好享用。」

吃下去，這樣鉤子的尖端才會插進你的心臟，殺死你，他想。慢慢到上面來，讓我拿魚叉插進你的身體裡。好。準備好了沒？吃夠久了嗎？

「好！」他大聲說，雙手猛拉起了一碼的線，繼續往回拉，擺動雙臂，輪流收線，使盡手臂的所有力氣，再加上身體轉動的力量。

什麼也沒發生。那隻魚逕自緩慢游開，老人一吋都無法將他拉起。他的魚線強韌，是為了釣大魚而製，老人用背抵著線，直到線緊繃到滲出水珠，在水裡發出緩慢的嘶嘶聲，他仍握著線，振作起來，在槳手的座位上往後仰，跟那股拉力抗衡。船開始緩慢往西北方漂去。

那隻魚穩定地游動，他們倆緩慢漂過平靜的水面。其他魚餌仍然在水中，但老人已經無暇顧及。

「真希望那孩子在這裡。」老人大聲說，「一隻魚拖著我游，讓我變成一根纜柱了。我可以綁住魚線，可是那樣他就能扯斷線。我必須使盡全力拉住他，在他非得要線時，放線給他。他在游動，不是下潛，謝天謝地。」

如果他決定下潛，我會怎麼做呢？我還真不知道。如果他潛入水底後就死了，我會怎麼做？我也不知道。不過我總會做些什麼。我有很多方法可用。

他用背抵著線，看著線在水裡傾斜，小船正穩定往西北方移動。

這會要他的命，老人心想。他不可能永遠這樣下去。不過四小時後，這隻魚仍拖著小船持續游向海心，老人也仍然將線紮實地綳在背上。

「他是在中午上鉤，」他說，「而我從來沒看過他。」

那隻魚上鉤之前，他曾用力拉低草帽，現在帽子割痛他的額頭。他也渴了，跪了下來，一邊小心不要扯到魚線，一邊盡可能靠近船頭，單手拿起水瓶。他打開瓶子喝了一點水，靠著船頭，倚坐在沒有裝上桅座的船桅與船帆上，盡量不思考，光是忍耐下去。

他看向身後，視野內已經不見任何陸地了。這樣也沒差，他心想。

反正我永遠能靠著哈瓦那的燈火返航。現在離太陽下山還有兩小時，也許他會在日落前出現。如果他那時還不出現，說不定會隨著月光而現身。如果他到時候也沒現身，那也許他會隨日出而露面。我還沒有抽筋，而且精力充沛。嘴裡有鉤子的是他。不過他能這樣拉扯，真是了不起的一隻魚。他一定是緊閉著嘴，咬著那條線。真希望我可以看到他。真希望我可以看到他一次，知道對手的模樣。

就老人觀星的結論看來，這隻魚在這一晚從沒改變前進路線或方向。太陽下山之後，天氣變冷了，老人的汗水冰冷地乾涸在背部、手臂與年老的腿上。白天的時候，他拿了蓋住餌箱的布袋，攤在太陽底下曬乾。太陽下山之後，魚線已經改到老人的雙肩上了，他在魚線下方，小心翼翼地將布袋圍著脖子綁住，讓布袋披在背上。布袋墊著魚線，他找到一種彎身靠著船頭的方式，好讓他感到些許舒適。這個姿勢其實只差一點就令人無法忍受，但他覺得這樣幾乎算得上舒適。

只要他繼續這樣下去，我就拿他沒辦法，他也拿我沒辦法。他起身在船邊小便，看向星星，確認航線。魚線像是筆直從他肩上射進水裡的磷光。他們現在移動得更慢了，哈瓦那的燈光也不再那麼顯耀，所以他知道海流一定在帶著他們向東。如果我看不到哈瓦那的燦爛燈火，我們一定是更偏東方了，他心想。如果這隻魚的航線沒有偏離，我應該會多看到燈火幾個小時。不知道今天大聯盟的棒球賽有什麼消息，他心想。如果有收音機陪著就太棒了，隨即又想，自己應該永遠注意手上的事。注意你正在做的事。你完全不能犯蠢。

他大聲說：「真希望那孩子在。他可以幫我，還能看到這件事。」他心想，人不該孤獨終老，然而這件事沒法避免。我得記得在鮪魚壞掉之前先吃了他，這樣才有體力。記得，不管你多沒胃口，你早上一定得吃了他。記得，老人對自己說。

夜裡，有兩隻鼠海豚來到小船附近，他聽到翻滾和噴氣的聲音，他能分辨雄的那隻噴氣造成的水花聲，以及雌的嘆氣聲。

「兩個好傢伙，」他說，「牠們玩耍、說笑，又愛著對方。牠們跟飛魚一樣，是我們的兄弟。」

他開始憐惜自己釣到的那隻大魚。他既了不起又古怪，而且誰知道他多大了。我從沒釣過這樣強悍的魚，也沒釣過行為那麼怪異的魚。說不定他是太有智慧，因而不會亂跳。他跳起來或瘋狂衝刺一次，就能毀了我。可是說不定他以前上鉤過好幾次，所以知道自己應該這樣戰鬥。他沒法知道對抗他的只有一個人而已，也不知道對方是個老人。可是他是多了不起的魚啊，如果他的魚肉很棒，在市場會賣多好的價錢啊。他吃餌的方式像是雄魚，拉扯的方式也像是雄魚，不慌不忙地面對戰鬥。不曉得他是想好了計畫，還是跟我一樣準備拚命？

他記得自己有次釣到一對馬林魚中的一隻。那隻雄魚總是讓雌魚先進食，結果雌魚上鉤後恐慌痛苦，瘋狂又絕望地掙扎，很快就氣力耗盡。雄魚從頭到尾陪伴著她，掠過魚線，在水面跟她一同打轉。他靠得很近，尾巴跟鐮刀一樣利，大小跟形狀也幾乎一樣，讓老人擔心他會用魚尾切斷魚線。老人將她釣上來，先用棒子打她，然後抓住她嘴部的粗礪邊緣，固定那細長如雙刃劍般的嘴部，往她頭頂敲下去，一直敲到她變色成幾乎像是鏡子背面的顏色，接著在男孩的幫助下，將她運到船上，雄魚則一直留在船邊。就在老人清理魚線，準備魚叉的時候，雄魚在船邊高高跳到半空中，看雌魚在哪裡，翅翼般的淡紫色胸鰭大大展開，露出所有淡紫色的寬闊條紋之後深深潛下。他很美，老人記得，而且遲遲停留不走。

那是我見過最傷心的一件事，老人心想。男孩也很傷心。我們請她寬恕我們，接著迅速地宰殺了她。

「真希望那孩子在這裡。」他大聲說，坐在船頭圓形的木板上，從固定在肩上的魚線，感覺到那隻大魚的力量，正在穩定地往他選擇的方向前進。

一旦上了我的當，他就必須要有所抉擇了，老人心想。

他的選擇是要留在黑暗的水深處，遠離所有圈套、陷阱和詭計。我的選擇則是去那完全無人的地方找到他。那裡是無人之境。我們從中午就連結在一起，一直到現在。沒有誰會來幫我或他。

我或許不應該當漁夫，他心想。不過我天生就是要吃這口飯。我絕對要記得在天亮後吃掉鮪魚。

日出之前，有東西咬了他背後的其中一個餌。他聽到枝條破裂的聲音，那條魚線開始衝向小船的舷緣。黑暗中，他抽出刀，將那隻魚帶來的所有壓力放到左肩，身體後仰，然後在木造的船邊切斷那條魚線。接著他切斷另一條附近的魚線，在黑暗中繫起備用線捆沒打結的末端。他以單手熟練操作，一隻腳踩著線捆來固定，好讓自己可以把結綁緊。他現在有六捆備用魚線了。他切斷的兩個餌各提供了兩捆，剩下兩捆來自釣到那隻魚的魚線，這六捆全連在一起了。

天亮之後，他心想，我要去後面切斷那條四十噚深、放著餌的線，與備用線繫在一起。我會損失兩百噚的加泰隆尼亞釣魚線、幾個搭鉤和前導線。這些都有得替補，但如果我釣了其他魚，牠把這隻魚的魚線切斷，誰能取代這隻魚？

我不知道現在吃餌的是什麼魚。可能是一隻馬林魚、旗魚或是鯊魚。我沒去感覺他。我必須趕快擺脫他。

他大聲說：「真希望那孩子陪著我。」

可是你就是沒有那孩子陪，他心想。你只有自己，你現在最好回去弄最後一條魚線，不管是否要在黑暗中進行，你得切斷那條魚線，接上那兩捆備用線。

所以他動手了。在黑暗中很難進行，而且那隻魚一衝起來，就拉得他整個人撲倒在地，雙眼之間被割出一道傷口。一條細細血絲流下他的臉頰。然而血還沒流到他的下巴，便已凝固與乾涸。他努力回到船頭，坐在木板上調整布袋，小心移動魚線，將線換到肩上的新位置，用雙肩固定住，細心地感覺到魚的拉力，並憑單手感覺小船在水上的行進速度。

不知道他為什麼突然衝這一下，老人心想。一定是魚線溜過他巨大隆起的背部。他的背當然不可能像我的背那麼難受，不過他不能永遠這樣拉著我的小船，不管他多了不起都一樣。現在可能會製造麻煩的所有障礙都清開了，我有非常充裕的魚線，我別無他求。

「魚啊，」他溫和地出聲。「我跟你至死方休囉。」

我猜他也會跟著我，老人心想。等著天亮，日出前的這段時間很冷，他靠著木板取暖。我可以跟他耗得一樣久，他心想。從第一道曙光看去，魚線向外一路延伸到水裡。船穩定地前進，太陽的第一道輪廓出現，照亮老人的右肩。

「他往北邊去了。」老人說。海流會將我們遠遠帶往東邊，他心想。希望他會隨海流轉向，那樣就代表他累了。

太陽升得更高，老人發現那隻魚還不累。只有一個徵兆對老人有利。魚線呈現的斜度，表示他游在比較不深的地方了。這未必代表他會跳動。不過的確有這個可能。

「上帝讓他跳起來吧，」老人說，「我有夠長的線對付他。」

要是我拉得稍微緊一點，說不定就會傷到他，讓他跳起來，他心想。現在是白天了，應該讓他跳起來，這樣他脊骨邊緣的魚鰾就會灌滿空氣，讓他無法到水深處尋死。

他試著拉得更緊，可是釣到那隻魚以後，魚線已經繃緊到即將斷裂，他後仰拉線時感覺到了嚴重性，知道不能更用力。我絕對不能扯到線，一次也不行，他心想。每次扯動都會讓鉤子製造的傷口變寬，接著他如果跳起，鉤子可能就跟著脫落。總之太陽讓我好過一些了，這是我第一次不用直視日光。

魚線上有黃色的海草，老人知道這樣純粹讓魚多了一樣阻力，他很開心。這正是夜裡製造了大量磷光的黃色馬尾藻。

「魚啊，」他說，「我非常尊敬你、愛你。不過我會在今天結束前殺了你。」

希望如此，他心想。

一隻小鳥從北方往小船飛來。他是一隻鳴鳥，飛得非常靠近水面。老人看出他非常累。

鳥飛到船尾，停在那裡。接著他繞著老人的頭飛，停在讓他更舒適的魚線上。

「你幾歲啦？」老人問鳥。「第一趟出來飛嗎？」

鳥注視說話的老人。他累到甚至沒有打量魚線，用纖細的雙足抓緊線時，身體還搖搖欲墜。

「線很穩，」老人對他說，「太穩啦。昨晚沒有風，你不該累成這樣。鳥還能遇到什麼事啊？」

老鷹，他心想，老鷹會到海上抓鳥。可是老人對他隻字未提，他反正不會懂老人的意思，而且他很快就會知道老鷹那回事了。

「好好休息，小鳥。」他說，「然後就像所有人啊、鳥啊、魚啊，去闖，去碰運氣吧。」

他說話鼓舞自己，因為背部僵直了一晚，現在真的痛起來了。

「鳥啊，你高興的話，就留在我家吧。」他說，「很抱歉我不能升起帆，用剛起的微風送你一程。不過我把你當朋友。」

就在這時，那隻魚忽然衝了一下，將老人拉倒在船頭，如果不是他穩住身體，放出一些線，那隻魚會將他扯下船。

線猛力一動的時候，鳥飛了起來，老人甚至沒看到他飛走。他用右手小心翼翼地觸摸魚線，注意到手在流血。

「看來有東西傷到他囉。」他大聲說，將線往回拉，看能不能讓那隻魚轉向。可是他將線拉到即將斷裂的程度時，便穩穩停下，繼續後仰，對抗線的拉力。

「魚啊，你現在有感覺了吧，」他說，「天知道，我也一樣。」

老人現在望向四周，尋找剛才那隻鳥，因為想要他作伴。那隻鳥已經不見了。

你沒有久留，老人心想，不過你飛往岸邊的這段路程更辛苦。我是怎麼讓他奮力一衝而割傷我的？我一定犯蠢了。但也說不定我那時看著那隻小鳥，正在想著他。現在我要注意自己的任務，然後我一定得吃掉鮪魚，這樣才會有力氣。

「真希望那孩子在這裡，我帶了鹽來。」他大聲說。

他將線的重量改放到左肩，小心翼翼跪下來，在海裡洗手，手繼續放在水裡，浸了一分鐘以上，看著血漸漸消失，以及小船行進時，感受海水對他的手重複一樣的波動。

「他的速度慢多了。」他說。

老人想將手泡在鹽水裡久一點，但是怕那隻魚會再衝刺，所以站起來，振作精神，舉手放到陽光下。魚線擦過，雖然只是割破了皮肉，不過手上的傷口正好在工作需要用到的部位。他知道這個局面結束前，他會用上雙手，他不喜歡自己還沒開始就被割傷。

「好，」手乾了以後，他說，「我得吃那隻小鮪魚。我可以用搭鉤把他弄過來，舒舒服服地在這裡吃。」

他跪下來，用搭鉤在船尾下找到鮪魚，往自己的方向拉，注意不碰到魚線捆。他再次用左肩抵著線，又將線繞在左手和手臂上，將鮪魚從魚鉤取下，把竿子放回原位。他單膝跪在魚身上，從魚頭後方到尾巴縱切下幾條深紅色的魚肉。它們呈V狀，他從背骨旁邊向下切到肚子的邊緣。他切下六條魚肉後，將魚肉攤在船頭的木板上，刀在褲子上擦了擦，從尾部抓起魚的殘骸，扔到船外。

「我不覺得我吃得下一整條。」他說，用刀劃過其中一條魚肉。他感覺到魚線穩定又有勁的拉動，此時左手抽筋起來，緊緊揪在魚線上，使他嫌惡地望著自己的手。

「什麼手啊，」他說，「要抽筋就隨便你，乾脆變成爪子好了。對你沒好處的。」

快啊，他心想，同時俯視傾斜於深色海水中的魚線。現在就吃掉魚肉，這會增加手的力氣。抽筋不是手的錯，畢竟你跟那隻魚已經耗了好幾個小時。可是你可能會跟他耗到永遠。現在就把鮪魚吃了。

他拿起一條魚肉，放進嘴裡緩慢咀嚼。倒也不難吃。

好好嚼，他心想，把所有精華都吃下去。如果有一點萊姆、檸檬或鹽配著，就更容易下肚了。

「手啊，感覺怎麼樣？」他問抽筋的那隻手，幾乎像屍體一樣僵硬。

「我為你再吃一點。」

他拿起另一半魚肉，放進嘴裡仔細咀嚼，然後吐掉魚皮。

「手啊，狀況如何？還是現在問你太早了？」

他又拿起另一條完整的肉來吃。

「這是一隻強壯又飽滿的魚。」他心想。「我釣到他而不是鬼頭刀，算走運了。鬼頭刀太甜。這魚肉幾乎一點甜味也沒有，但還是有滿滿的營養。」

不過講究實際以外的事都沒有意義，他心想。真希望我有一些鹽。而且我不知道太陽會不會讓剩下的魚肉腐爛或變乾，所以我最好整條吃下去，就算不餓也一樣。那隻魚既冷靜又穩定。我要整條吃下去，那樣我就準備好了。

「手啊，耐心點，」他說，「我做這件事是為了你。」

真希望我能餵那隻魚吃東西。他是我的兄弟。不過我一定得宰了他，為了這件事，要保持強壯。他盡責地慢慢吃掉所有V形的魚肉條。

他挺直身體，在褲子上擦手。

「好。」他說，「手，你可以放開魚線了，我用右手臂單挑他，直到你停止無理取鬧。」他左腳踩在左手纏住的沉重魚線上，背往後靠，抵抗魚線傳來的拉力。

「上帝保佑我別再抽筋，」他說，「因為我不知道這隻魚會做什麼。」不過他似乎很冷靜，照著自己的計畫走，老人心想。可是他的計畫是什麼？老人思考。我的計畫又是什麼呢？因為他那麼龐大，我必須因應他的計畫，來隨時擬出我自己的計畫。如果他跳起來，我就可以殺了他。不過他如果永遠留在底下，我就會永遠跟他耗下去。

他在褲子上揉了揉抽筋的手，想讓手指放鬆，可是就是無法順利伸展。也許手會隨陽光而舒展。說不定我消化那些健美的生鮪魚之後，手就會伸展開來。如果我真的有需求，我就把它扳開來，不管代價是什麼。不過我不想現在硬是扳開它，讓它自然展開，回到原本的協調狀態吧。畢竟晚上的時候，手指必須分開不同的魚線，解開線結，那時我是過分虐待它了。

他望向海面，明白自己現在多麼孤單。不過他仍然看得到深黑色海水中的七彩光芒，伸出去的魚線，以及平靜海面的古怪波紋。現在的信風讓雲朵逐漸在天空形成，他向前看去，一群飛翔的野鴨將自己的身影蝕刻在水面上空，變得模糊，然後再度清晰起來，這讓他明白海上向來無人孤單。

他想到有些人非常怕乘小船到看不見陸地的海上，並知道即將面臨一連數月變化無常的壞天氣。然而現在是颶風來臨的月份，而颶風季中沒有颶風的日子，會有一整年裡最棒的天氣。

如果你出海的時候，有颶風要來，你永遠可以在它降臨的數天前，就在天空看到徵兆。陸上的人們不會看到，因為他們不知道要注意什麼跡象。陸地上空的雲朵形狀一定也不一樣。不過現在沒有颶風要來。

他看著天空，白色積雲無害地像大量的冰淇淋，上方高處，則是纖細羽狀的卷雲，位在九月中的天空裡。

「（西語）有微風呢。」他說，「魚啊，這天氣對我比較有利。」他的左手仍然抽筋，但他慢慢鬆動手指。

我討厭抽筋，他心想。這是身體在唱反調。

在別人面前因為食物中毒拉肚子或嘔吐，是很丟臉沒錯，然而在他心中以西語稱之為「calambre」的抽筋，若在獨自一人發生，最是令人感到屈辱。

老人心想，如果那孩子在這裡，就可以幫我揉揉手，從上臂往下讓手放鬆。不過手遲早會鬆開的。

接著，他的右手感覺線的拉力有變化了，他看見線的斜度在水裡改變。他抵著線，左手快速猛拍大腿，同時看見魚線緩緩向前傾。

「他要上來了，」他說，「手，你快一點好啊。拜託你快一點。」

魚線緩慢且穩穩升起，小船前方的海面隆起，那隻魚出現了。他不斷浮出，水從他的兩側傾湧而下。陽光下，他很耀眼，頭顱和背部呈深紫色，腹部的條紋在陽光中則顯現得寬闊，帶一絲淺紫色。他的劍形喙跟棒球棍一樣長，像雙刃劍一樣往末端逐漸變細，他從水中露出完整身長，然後又流暢地回到水中，就像潛水員，老人看著他如鐮刀刀鋒的巨型尾巴下沉，魚線隨即飛快離去。

「他比這艘小船長兩呎。」老人說。魚線往外送得急，但很穩定，那隻魚並不驚慌失措。老人嘗試雙手拉穩魚線確保不至於斷裂。他知道若沒辦法用穩定的拉力減慢魚的速度，魚會拉走所有的線並扯斷。

他是一隻了不起的魚，我必須讓他服我，老人心想。我一定永遠不能讓他明白自身的力量，也不能讓他知道他若衝刺起來，可能會得到什麼結果。如果我是他，我現在會全力以赴向前，直到有東西斷裂。不過謝天謝地，魚沒有殺魚的我們那麼聰明，即使他們比較高貴，也比較有本事。

老人見識過很多龐大的魚。他見過許多上千磅的魚，這輩子也捕過兩隻，但從不是獨力完成。現在他既是一個人，又在望不到陸地的海上，跟自己繫在一起的魚，是人生中見過最大的魚，甚至大過他聽說過的任何大魚，此刻他的左手卻還是緊得跟握起的鷹爪一樣。

不過抽筋會停止的，他心想。左手一定會停止抽筋，來幫右手的忙。有三樣東西形影不離：那隻魚，以及我的左右手。必須停止抽筋。抽筋不值得啊。那隻魚再次放慢速度，以平常的步調前進。

不知道他剛才為什麼跳起來，老人思考。他跳起來感覺就像是要讓我看看他多大。反正我現在知道了，他心想。真希望我可以讓他看看我是什麼樣的男人。可是那樣他就會發現我的手抽筋了。讓他以為我更是一條漢子，我就真的會變那麼強，真希望我是那隻魚，擁有他的一切，敵對的只有我的意志與智慧。

他舒適地坐在木板上，痛楚來時就接受。那隻魚穩定遊動，小船緩慢穿越深色的海水。風從東邊吹來，海波隨之湧起，中午的時候，老人的左手停止抽筋了。

「魚啊，這是你的壞消息。」他說，將魚線在蓋著雙肩的布袋上移動位置。

他舒服但痛苦，雖然他完全不承認痛苦的那一面。

「我不算教徒，」他說，「可是我要念十遍〈主禱文〉，十遍〈聖母經〉，求祂們讓我抓到那隻魚。另外我保證，如果抓到他的話，我就去科布雷聖母像朝聖。我承諾。」

他呆板地念起禱詞。有時累到記不起禱詞，就快速念下去，讓禱詞脫口而出。他覺得〈聖母經〉比〈主禱文〉容易念。

「萬福瑪利亞，妳充滿聖寵。主與妳同在。妳在婦女中受讚頌，妳的親子耶穌同受讚頌。天主聖母瑪利亞，求妳現在以及在我們臨終時，為我們罪人祈求天主。阿門。」

然後他補充：「受讚頌的聖母，為這隻魚的死亡祈求天主。雖然他棒極了。」

他念完禱詞，覺得好多了，不過痛苦也相對多，也許還超出一點。他靠著船頭的木板，機械地活動左手手指。

即使微風輕輕揚起，陽光現在還是很熾熱。

「我最好為船尾那條短線重新裝餌，」他說，「如果那隻魚決定要再撐一晚，我得再進食，而且瓶子裡的水也很少了。這裡除了鬼頭刀以外，我不覺得能弄到別的東西吃。但如果我趁新鮮吃掉他，那也不會難吃。真希望今晚有一隻飛魚上船來。不過我沒有燈能吸引他們。飛魚生吃美味極了，也不用切。我現在一定得保存所有精力。耶穌啊，我之前不知道他這麼大啊。」

「但我還是會殺了他，」他說，「就算他那麼了不起又壯觀。」

雖然這不公平，老人心想，但我會讓他知道一個人類的力量與耐力。

「我對那孩子說過，我是個怪老頭。」他說，「現在就是我得證明這件事的時候。」

他之前上千次的證明都不代表什麼。他現在要再證明一次。每一次都是嶄新的，他從不去想自己過去對這件事的證明。

希望他睡覺，這樣我就可以睡覺，夢見獅群，他想。我為什麼變得幾乎只夢到獅子了？別去想，老頭，他對自己說。現在慢慢靠著木板睡去，什麼也別想。他在忙，你盡量少出點力。

逐漸來到下午，小船仍又慢又穩地前行。可是現在東邊吹來的風增加了一股拉力，老人隨小浪輕輕漂浮，魚線在背部造成的痛，對他也顯得輕鬆與緩和。

下午的時候，線一度又開始上升。可是那隻魚只是在稍微淺一點的地方繼續向前游。太陽曬著老人的左臂、肩膀與背部。於是他知道，那隻魚轉往東北方了。

他現在見過那隻魚一次了，能夠想像他在水裡游泳的樣子，紫色的胸鰭像翅膀一樣伸展，豎起的龐大尾巴劃破黑暗。不知道他在那個深度看得到什麼東西，老人想。他的眼睛那麼巨大，馬的眼睛則小多了，但在黑暗中也能夠看清。我在夜裡的視力也曾經很好，雖然無法對付完全的黑暗，但視力也幾乎跟貓一樣了。

陽光照來，以及讓手指穩定活動，現在他的左手完全停止抽筋了，他開始將更多力量換給左手來負擔，動動背部的肌肉，稍微轉移魚線帶來的疼痛。

「魚啊，如果你不累，」他大聲說，「你一定非常怪。」

他現在非常疲憊，心知很快就要入夜，他試著想別的事。他想著大聯盟，他在心裡以西語稱呼為「Gran Ligas」。他知道紐約洋基隊正在跟底特律老虎隊比賽。

我有兩天不知道比賽結果了，他心想。不過我一定要有自信，我一定要對得起偉大的狄馬喬，他完美完成所有事，即使腳踝有骨刺的痛苦也一樣。骨刺是什麼？他問自己。Un espuela de hueso（西語，指骨刺）。我們沒這種東西。長骨刺會痛得像被鬥雞雞爪裝的鐵刺插到腳踝嗎？我不覺得自己受得了那樣的痛苦，我也忍不了失去一隻眼睛或雙眼後，還要繼續戰鬥的鬥雞生活。跟那些了不起的鳥獸相比，人真的沒什麼。不過我仍然寧願自己是漆黑海洋中的那隻獸。

「除非有鯊魚來，」他大聲說，「如果鯊魚來了，請上帝保佑他跟我。」

你認為偉大的狄馬喬會跟一隻魚待在一起，待得像我跟這隻魚一樣久嗎？他想。我確定他會，而且他會待得更久，因為他年輕力壯。而且他爸也是漁夫。不過骨刺會不會讓他太痛苦？

「我不知道，」他大聲說，「我從來沒長過骨刺。」

隨著日落，他想起一件事，讓他更有自信。當時他在卡薩布蘭加[23]的酒館，跟西恩富戈斯[24]來的魁梧黑人比腕力，對方是幾個碼頭裡最壯的男人。他們比了一天一夜，手肘在桌上的一條粉筆線上，前臂打直，緊握彼此的手。他們都想強行將對方的手壓下。很多人以他們的輸贏為賭注，在煤油燈光下出入房間。他注視眼前黑人的手臂和手，又看對方的臉。最初的八個小時過後，每四小時就換一次裁判，這樣裁判才能睡覺。他和黑人的指甲下方流了血，他們凝望彼此的眼睛、手和前臂，打賭的人進出房間，坐在牆邊的高腳椅上觀戰。木頭牆壁漆成了亮藍色，煤油燈將人們的影子投在牆上。那黑人的影子巨大，微風吹動煤油燈的時候，影子就在牆上晃動。

兩人的賭注高低，整晚來回變動。他們給那黑人喝蘭姆酒，為他點菸。黑人喝了蘭姆酒後，使出驚人的力氣，一度占老人的上風，雖然老人那時還不老，而且是冠軍桑迪亞哥，但黑人幾乎將他的手壓下了三吋。然而老人再度抬起手到彼此平手的位置。他當時就確定自己贏了那個黑人，贏了那個本身是傑出運動員的好傢伙。天亮後，打賭的人要求裁判宣判雙方實力相當，裁判搖頭。他猛施力，將黑人的手逼得直往下，不斷向下，直到碰到木桌為止。這場比賽從星期天早上開始，星期一早上結束。許多下注的人要求判為平手，是因為他們得去碼頭工作，搬糖袋上船，或去哈瓦那煤炭公司幹活，否則每個人都會想要看他們比到最後。不過反正在任何人得去上班前，他就結束了這場比賽。

後來有很長一段時間，每個人都叫他冠軍，春天的時候，兩人又再比了

23 卡薩布蘭加（Casablanca），摩洛哥西部的港市。
24 西恩富戈斯（Cienfuegos），古巴西部的港市。

一場。不過這場的賭注沒有多少錢，而且他贏得相當輕鬆，因為在第一場比賽，他就已經粉碎了對方的自信。在那之後，他又參加了幾場比賽，而後就沒有了。他認定自己如果夠想贏對方，就能擊敗任何人，也認為這種比賽對右手的捕魚能力會有負面影響。他在幾場練習賽中試著用左手。可是他的左手老是背叛他，不照他的吩咐做事，他不信任它。

現在陽光要烤透左手了，他心想。除非晚上太冷，我應該不會再抽筋了。不知道今晚會發生什麼事。

一架往邁阿密的飛機經過上空，他看到一群飛魚因為飛機的陰影嚇得跳起來。

「飛魚這麼多，這裡一定有鬼頭刀。」他向後拉魚線，看有沒有可能將那隻魚拉上來一點。可是他辦不到，魚線依然緊繃，水珠晃動，線快斷了。船緩慢向前移動，他凝望飛機，直到看不見為止。

搭飛機的感覺一定非常怪，他想。不知道從那個高度看下來，海是什麼模樣？如果不要飛太高，應該能清楚看到魚。我想在兩百噚的高度非常慢地飛，從上空看看魚。就連我待在捕龜船的時候，光是站在桅頂橫杆的高度，都能看見很多東西。從上面看到的鬼頭刀比較綠，可以看到他們的條紋、紫色斑點，還可以看到一整群在游泳。在深色海流中快速游動的魚，為什麼全都有紫色的背部？而且通常有紫色的條紋或斑點？鬼頭刀當然只是看起來綠，他其實是金色。不過他真的很餓，要吃東西的時候，腹側就會有馬林魚身上那種紫色條紋。露出這種條紋，是因為他們生氣，還是因為他們的游速提高很多？

他們經過一大片馬尾藻，馬尾藻聚攏、搖盪在微小的波浪裡，好像大海正在一條黃毯底下跟誰做愛。即將天黑的這時，一隻鬼頭刀前來吃了他那條短線上的餌。牠躍到空中時，他第一次看見牠。最後幾道陽光下，牠呈現純金色，弓著身體，在空中狂拍著鰭。牠恐懼地不斷展現跳躍的特技，他則努力回到船尾，彎身，右手固定那條較長的線，左手將鬼頭刀拉上船，赤裸的左腳不斷踩住拉回來的線。那隻鬼頭刀到船尾的時候，絕望地蹦跳與左右衝撞，老人俯身湊向船尾，將那隻充滿光澤、帶紫斑的金色鬼頭刀從船尾拉起。牠的下巴抽搐似地急急咬著鉤子，又長又平滑的身體、魚尾和魚頭，都重重撞著船底，直到他用棒子迎面打在那耀眼的金色頭顱，打到牠顫抖，然後靜止不動。

老人將鬼頭刀從鉤子解下，重新為這條線裝上另一隻沙丁魚餌，再把線丟回水裡。他慢慢挪回到船頭，清洗左手，在褲子上擦乾。他一邊將那條沉重的線從右手換到左手，將右手放進海裡洗，一邊看著太陽沒入海中，留意魚線的傾斜程度。

「他一點也沒變。」他說。不過他看著水流過手的狀態，注意到速度明顯變慢了。

「我要把兩支槳一起綁在船尾，這樣晚上就能減慢他的速度。」他說，「他可以夜戰，我也是。」

晚點再除掉鬼頭刀的內臟比較好，這樣就可以把血留在肉裡，他想。我可以晚點再做這件事，同時把槳綁起來，增加拖力。我現在最好讓魚保持平靜，不要在太陽下山時太擾動他。日落對所有魚來說，都是難熬的時刻。

他把手擺在空中風乾，然後抓住魚線，盡量減緩痛苦，讓魚線將身體拉向前去抵著木壁，這樣力量就大多交給船去施勁，甚至讓船出的力比他多。

我正在學習做這件事的方法，他想。至少這部分是如此。然後老人想起，那隻魚自從吃了這個餌，就沒再吃東西了，他很龐大，需要大量食物。

我吃了一整隻的鮪魚，明天還會吃這隻鬼頭刀，他稱牠為「dorado」[25]。我說不定清理牠內臟時就該吃一點。牠會比那隻鮪魚難下嚥，但說來說去，沒什麼事是輕鬆的。

「魚啊，你感覺怎樣？」他大聲說，「我感覺很棒喔，我的左手也比較好了，我還有夠吃一天一夜的食物。你儘管拉船吧，魚。」

他不是真的感覺很棒，魚線橫越背部帶來的痛苦，幾乎超越了痛苦，成為一種令他疑慮的麻木。不過我有過比這更糟的經歷，他想。我的手只是有點割傷，另一隻手也不抽筋了。我的兩條腿都沒問題。而且說到食物，我現在占他上風。

天黑了，九月日落之後，天色很快就黑了。老人靠在磨損的船首木壁，盡可能地休息。已經有幾顆星星出現了。他不知道參宿七[26]的名字，但他看到它，明白星星很快就會全部出現，他會得到這所有遙遠的朋友。

「這隻魚也是我的朋友。」他大聲說，「我從沒看過或聽過這樣的魚。不過我一定得宰了他。很高興我們不用努力去宰殺星星。」

想像一下，如果每天都有人非得殺月亮不可呢？他想。月亮會跑走。不過你想想，如果有人每天都得殺太陽呢？我們天生就幸運啊，他想。

接著他為沒東西吃的那隻大魚感到遺憾。他雖有殺他的決心，為魚感到的悲傷卻從沒減輕過。有多少人會吃這隻魚啊？老人想。可是他們配得上吃他嗎？配不上，當然配不上。以他的行動風範和無比的尊嚴來說，沒人配得上吃他。

我不了解這些東西，他心想。不過我們不用試著殺掉太陽、月亮或星星，這是好事。在海上生存，殺掉我們真正的兄弟，這就夠了。

好，他想，我必須考慮增加阻力的事了。這麼做有危險，也有優點。我

25 西語，指「金色的」。

26 參宿七（Rigel），獵戶座最亮的恆星。因參宿七相當明亮，且可依其輕易辨認出赤道，所以對海上辨認方位具重要價值。

可能會失去太多線，以至於失去他。假如他使勁，拿來阻礙的槳又發揮功用，船就不再輕盈。輕盈的船會延長我倆受苦的時間，但能保障我的安全，畢竟速度極快的他，目前還沒全速行進。無論怎樣，我一定得除掉那隻鬼頭刀的內臟，趁著他還沒腐敗，我要吃點他的肉來保持體力。

我先休息一個小時以上，確定他是否還又強又穩，再回船尾去幹活，決定要不要拖槳。我可以看一下他的反應如何，有沒有任何變化。使用船槳是個妙計，但現在必須安全行事。他仍非常強悍，我看到鉤子在他的嘴角，他緊緊閉著嘴巴。

那鉤子的損害不算什麼。飢餓的打擊，以及他正在抵抗自己不明白的對象，這些才是關鍵。先休息吧，老頭，讓他去忙，忙到你的下一項任務來臨時。

他自認休息了兩小時。月亮要到很晚才會升起，現在還沒露面，他無法知道目前的時間。他沒有真的休息，休息只是相對說法而已，肩上仍在承擔那隻魚的拉力，但他將左手放在船頭的舷緣上，將愈來愈多抵抗魚的力量交由船本身來負擔。

如果我可以直接綁起魚線，那多輕鬆啊，他想。不過那樣的話，他一有小小衝刺，魚線就會斷了。我一定得用身體緩衝魚線的拉力，雙手隨時準備好放線。

「可是你還沒睡覺啊，老頭。」他大聲說，「你已經一晚又半天沒睡，現在新的一天又要來了，你還沒睡覺。如果他又沒動靜又穩定，你一定要想辦法讓自己睡一下。如果不睡覺，腦袋可能會不清楚哩。」

我的腦袋夠清楚了，他心想。太清楚了。清晰得跟那些星星一樣，那些也是我的兄弟。不過我還是得睡覺。星星睡覺，月亮和太陽也睡覺，就連大海在特定的幾天偶爾也入睡，睡了就沒有海流，海面平靜無波。

不過，就是記得要睡覺，他想。逼自己睡，逼自己想出簡單又有把握的方法擺平魚線。現在到後面去吧，去處理鬼頭刀。如果你非睡覺不可，裝槳來增加拖力就太冒險了。

我不睡覺也沒關係，他告訴自己。不過那樣就太危險了。

他四肢著地，努力回到船尾，小心不要扯動魚。魚可能半睡半醒，他想。不過我不要他睡著，他得一直拉船前進，直到死掉為止。

他到船尾後，轉了身，讓左手負荷肩上魚線的拉力，右手抽刀出鞘。星星現在很亮眼，他看清楚那隻鬼頭刀，將刀刃插進魚的頭顱，從船尾拖出。他一隻腳踩著魚，快速割開魚的肛門到下巴尖端。然後他放下刀，右手除去魚內臟，挖個乾淨，扯掉魚鰓。老人覺得魚的胃很沉，在手中很滑溜，他割開後，裡面有兩隻飛魚。牠們既新鮮又硬，老人將牠們並排擺著，將內臟和魚鰓從船尾丟出去。那些東西沉落，在水裡留下一行發著磷光的痕跡。鬼頭刀的身體現在冷了，在星光下呈現一種患痲瘋病似的灰白色，老人右腳踩著魚頭，剝掉他一邊的皮，再將他轉過來，剝掉另一邊的皮，從頭到尾把魚身切成兩塊。

他將殘骸推出船外，看看是否會在水裡造成任何漩渦，但只有緩緩下降的光出現。他轉身，將兩隻飛魚擺在兩片魚肉上，把刀放回刀鞘，再慢慢回到船頭。他隨背上的魚線重量而弓身，抓著那隻魚。

回到船頭後，他將那兩片魚肉放在木板上，兩隻飛魚擺在旁邊。他將魚線安頓到肩上的新位置，以靠在舷緣上的左手拉住線。接著他彎身向船邊，在水裡清洗飛魚，注意水流過手掌的速度。他的手因為剝魚皮而泛著磷光，他看著水流過手，流速沒那麼強了。他在船板上揉了揉掌緣，浮出極微小的磷光，慢慢地漂向船尾。

「他愈來愈累了，不然就是在休息。」老人說，「現在讓我來吃這隻鬼頭刀，休息一會，睡一會。」

星光下，夜晚愈來愈涼，他吃了半片鬼頭刀，還有一隻去頭、除過內臟的飛魚。

「如果經過烹調，鬼頭刀多美味啊。」他說，「生吃糟糕極了。以後沒帶鹽或萊姆，我是絕對不上船了。」

如果我聰明點，就會想到在白天時將海水潑到船頭，乾了就會有鹽。可是話說回來，我一直到幾乎太陽下山了，才釣到這隻鬼頭刀。但不管如何，仍是缺乏準備。可是我還是好好咀嚼魚肉了，而且沒反胃。

往東的天空都是雲，他注意到一顆又一顆的星星消失了。現在看來，他似乎在向有雲朵形成的大峽谷前進，風已經停了。

「三、四天內會有壞天氣，」他說，「不過今天晚上不會，明天也不會。老頭啊，趁魚安靜平穩，你現在就裝備好，讓自己睡一下吧。」

他右手緊抓魚線，大腿抵著右手，將全身重量壓在船頭的木板上。接著他將魚線移到肩上稍低的地方，繞在左手上。

只要線纏好了，右手就可以固定好線，他想。如果右手在我睡覺時鬆開，線跑掉，左手就會弄醒我。辛苦的是右手，不過他習慣受苦了。就算我只睡二十分鐘或半小時也不錯。他俯身臥倒，全身壓著那條線，將所有重量放到右手，睡著了。

他沒有夢到獅子，而是夢到了廣大的鼠海豚群。牠們連綿了八到十哩，正值交配時節，牠們跳到空中，又鑽回自己躍起造成的水面坑洞。然後他夢到自己在村裡，躺在床上，強烈的北風吹著，他非常冷，右臂麻木，因為他沒睡在枕頭上，而是枕著自己的右臂。

他開始夢到漫長的金黃色海灘，幾隻獅子在薄暮中先現身了，然後又有其他獅子出現。他在船隻停泊的地方，將下巴放在船頭板上，夜晚微風向海面吹送，他等著看會否出現更多獅子。他很開心。

月亮出來很久了，但他繼續睡著，那隻魚穩定地拉動，船進入雲朵的隧道中。

右拳急急捶向他的臉，他醒了過來，線灼燒他的右手。左手沒感覺了，他用右手使勁拉停魚線，但線還是急急離去。左手終於找到線，他後仰抵抗線的拉力，線灼痛了他的背部和左手。左手承受所有拉力，嚴重割傷。他回頭望著線捆，線正流暢送出。就在這時，那隻魚跳了起來，海隨即炸開一個龐大的破口，魚沉重地落下，接著又不斷跳起。雖然線仍飛快送出，但船迅速前進，老人更用力拉，拉到線即將繃斷了，然後不斷將線拉收到臨界點。魚將他整個人拉倒在地，靠著船頭，臉就貼在切下來的鬼頭刀肉上，動彈不得。

我們等的就是這一刻，他想。現在讓我們迎戰吧。讓他為釣線付出代價，讓他為此付出代價。

他看不到那隻魚跳起來，只在他落下的時候，聽見海水水花迸裂，發出沉重的潑濺聲。急速遭抽去的魚線嚴重割傷他的手，但他一直都知道會發生這件事，努力讓割傷發生在有老繭的地方，不讓線滑進手掌或割傷手指。

如果那孩子在這裡，他會將線捆打溼。對。如果那孩子在這裡。

如果那孩子在這裡就好了。

線不斷離去，但速度變慢了。他讓那隻魚拉走的每一吋線都得來不易。他從木板上抬起頭，離開臉頰剛才砸爛的那片魚肉，膝蓋抵地，慢慢起身。他仍然在給線，但給得愈來愈慢。他努力地慢慢退後，直到腳感覺得到線捆，雖然他無法看見。船上的線仍然很多，魚現在得承受將所有新線拉進水中的摩擦力。

對，他心想。他現在跳了十幾次以上，背上的魚鰾充飽了氣，所以無法死在我不能拉他上來的深海。他很快就會開始打轉，我就得努力對付他了。不知道是什麼東西突然嚇到他？是飢餓讓他絕望？還是晚上有東西嚇壞他？說不定是他突然感到害怕。可是他是這麼冷靜又強壯的魚，似乎什麼也不怕又有自信。這件事很怪。

「你最好什麼也不怕，相信自己，老頭。」他說，「你又拉住他了，但你收不回線。不過他很快就會開始繞圈了。」

老人用左手和肩膀的力量拉住他，彎身用右手舀水，洗掉臉上碎爛的鬼頭刀肉屑。他怕這些肉會讓他反胃，繼而因為嘔吐而喪失力氣。他清乾淨臉，右手放到船邊水裡洗了洗，一邊將手繼續插在帶鹽的海水裡，一邊看著黎明前的第一道曙光。他幾乎正向東前進，老人想。這代表他累了，所以隨著浪流前進。他很快就得轉起圈圈，我們真正的任務就開始了。

右手在水裡待了夠久之後，他抽出手檢視。

「還好嘛，」他說，「痛苦對男人來說不算什麼。」

他謹慎地抓住線，不讓線陷進任何一個新的皮肉傷，轉換身體重心，好將左手插進船身另一側的海裡。

「你沒為了無聊的事表現太差，」他對左手說，「不過我有一下子找不到你。」

我為什麼不是天生就雙手靈活？他想。說不定是我的錯，我沒好好訓練這隻手。不過上帝知道他已經有夠多的機會去學。他在這一晚的表現不是多糟糕，也只抽筋一次。如果他又抽筋，就讓魚線割斷他好了。

老人這樣想的時候，自知已經神智不清，心想應該再吃一些鬼頭刀肉。可是我不能吃，他告訴自己。頭昏總比反胃而喪失力氣好。而且剛才臉陷進去過，吃的話一定忍不住反胃。我要把魚肉留下來以防萬一，直到魚肉腐壞為止。不過現在要靠食物增加力氣也太晚了。你很蠢，他告訴自己。吃另外一隻飛魚吧。

牠在那裡，乾乾淨淨的，隨時可以吃，他左手拿起魚送進嘴裡，咀嚼時注意骨頭，從頭到尾整隻吃掉。

牠幾乎比任何魚都更有營養。至少能提供我需要的那種力氣。我已經把能做的都完成了，他想。讓他開始打轉吧，開始戰鬥。

魚開始打轉時，是他出海以來第三次日出了。

他沒辦法從魚線的傾斜看出魚在打轉。現在還不到那個時候。他只是感覺魚線的拉力微弱減緩，他開始溫和地用右手拉線。線一如往常地緊繃，但就在他拉到即將斷裂時，魚線則開始回來。他的上半身從線底下滑出，穩定地逐漸拉回魚線，有節奏地輪流使用雙手，用身體和腿盡量把線拉回來。他蒼老的腿和肩膀隨拉動的節奏而轉動。

「這個圈子非常大啊，」他說，「不過至少他在轉了。」

接著魚線拉不回來了，他握著線，直到看見水在太陽下從線上滴落，線開始往外離開，老人跪下，讓線以非常緩慢的速度回到深色的海水裡。

「他現在繞到遠處了。」我一定得盡全力拉住，老人想。

拉力會一次次縮小他繞的圈。說不定在一個小時內，我就會看到他了。我現在一定得讓他服從我，我一定要殺了他。

不過那隻魚繼續慢慢轉圈，老人汗溼了身體，兩小時後，整個人筋疲力竭。幸好魚現在轉的圈小多了，而且從魚線傾斜的方式，他能看出那隻魚游動的時候正在緩慢向上。

老人的視野裡出現黑斑，長達一小時。汗水將鹽分帶到眼睛裡，也帶到眼睛和額頭的傷口裡。他不怕那些黑斑，畢竟他在拉魚線，這種緊繃之中，黑斑出現很正常。不過他有兩次感到暈眩、差點昏倒，這倒是讓人擔心。

「我不能讓自己失望，為一隻魚這樣死掉。」他說，「他現在那麼完美地上來了，上帝讓我撐下去。我願意念一百遍〈主禱文〉，一百遍〈聖母經〉。可是我現在還不能念。」

就當作已經念了吧，他想。我之後再念。

此時，他突然感到雙手拉住的魚線出現重擊與急速扯動，動作既猛烈又頑強，而且沉重。

他正用矛一樣的喙撞擊前導線，他想。這件事本來就一定會發生。他非這樣不可。不過這可能會讓他彈起來，但我寧願他現在繼續繞圈。他必須靠這些跳躍來得到空氣。可是得到空氣之後，每跳起來一次，可能都會讓他遭鉤傷的地方裂得更開，讓他得以拋下鉤子。

「魚，不要跳。」他說，「不要跳。」

魚又撞了前導線幾次，他每一次擺動頭顱，都讓老人送出一點線。我絕對不能讓他更痛苦，他想。我的痛無關緊要。我可以控制自己的痛。

可是他的痛可以讓他發狂。

過了一會，魚不再撞前導線，再度緩慢地繞圈。老人持續將線收回，可是他又頭昏了。他用左手撈了點海水，澆到頭上，再繼續淋了更多水，揉了揉後頸。

「我沒有抽筋，」他說，「他很快就會上來，我撐得住。你得撐住。這不用說。」

他跪在船頭，暫時將線又滑到背上。他在繞圈，我要休息，他過來的時候，我再起身跟他周旋，他決定。

到船頭休息，讓魚自行繞一圈，不去收回線，這是一個很大的誘惑。可是拉力出現，那隻魚轉為向著船來，老人站起身，開始轉動身體，反覆交錯雙手拉線，將魚拉走的線全部收回來。

我從沒這麼累過，他想，現在吹起信風了，這有利於帶那隻魚回港口。

我非常需要風幫忙。

「他下一圈繞遠的時候，我再休息。」他說，「我覺得好多了。再轉兩、三圈，我就會擺平他。」

他的草帽老遠落在後腦處，他感覺到魚轉彎了，魚線一扯，他就坐倒在船頭。

你現在去忙吧，魚啊，他心想。我會在你轉過來時擺平你。

海上掀起巨浪。不過這是好天氣的微風所致，他也得要這種風才能回到家。

「我朝西南前進就是了，」他說，「男人絕不會在海上迷路，而且那是長形的島。」

第三圈的時候，他看到了那隻魚。

他先看到魚的黑暗形影。他花了很長的時間經過船底，老人對他的身長感到不可思議。

「不會吧，」他說，「不可能這麼大。」

可是他就是這麼大。在這一圈的結尾，他在離船只有三十碼的近處海面浮現，老人看見他的尾巴冒出來，比一把大鐮刀的刀刃更鋒利，在深藍色海水上呈現非常淺的淡紫色。魚在水面下游著，尾巴掠回水中，老人看得到魚龐大的身體，還有上面紫色的條紋。他的背鰭低垂，巨大的胸鰭寬闊地伸展開來。

在這一圈，老人看得到魚的一邊眼睛，還有兩隻印魚游在他的附近。牠們有時貼在他的身上，有時迅速離開他，有時輕輕鬆鬆地游在他的陰影裡。牠們身長都在三呎以上，游快的時候，就像鰻魚一樣擺動身體。

老人現在流著汗，但不是因為太陽。那隻魚每次冷靜又平穩地繞一圈，老人就收回更多線，他確信在兩圈內有機會用魚叉刺他。

不過我得讓他再靠近，他想。我絕對不能嘗試插他的頭顱，我得刺中他的心臟。

「要冷靜和堅強，老頭。」他說。

下一圈的時候，魚背露出來了，可是離船有點過遠。再下一圈，他仍然太遠，但有更大部分的身體露出水面。老人確信再收回一些線，就能讓他到船邊。

老人早就準備好魚叉，魚叉的線捆放在一只圓形的籃子裡，尾端綁在船首的繫樁上。

那隻魚現在繞過來了，模樣很美，只有巨大的尾巴在動。老人盡力將他拉近。有一瞬間，魚稍微歪了過來，又打直身體再繞一圈。

「我拉動他了。」老人說，「我剛才拉動他了。」

他再度暈眩起來，但使盡全力拉住那隻龐大的魚。我拉動他了，他想。

說不定我這次能拉他過來。拉啊，雙手。挺住啊，雙腿。為了我撐住，腦袋。為了我撐住。你從沒昏倒過。我這次會把他拉過來。

魚還離船遙時，他就使出渾身解數，用盡全力拉動，將魚從原路拉偏；但他又調整方向，游走。

「魚啊，」老人說，「魚啊，你反正就是得死，有必要殺了我嗎？」這樣什麼也辦不了，他想。他的嘴乾到無法開口說話，但是他現在拿不到水。我這次一定得讓他到船邊來，他想。我可撐不到再讓你繞好幾圈。你撐得到，他告訴自己。你永遠都沒問題。

再下一圈，老人差點逮住他了。可是魚再次調整方向，緩慢游開。你在要我的命，魚啊，老人想。可是你是有權這樣做沒錯。兄弟，我從沒見過比你更大或更美、更冷靜或更高貴的魚。來吧，殺了我啊。我不在乎我們是誰殺了誰。

你現在頭腦混亂了，他想。你一定得保持腦筋清楚。保持腦筋清楚，明白如何以男人的態度受苦；或以魚的態度。

「清醒啊，腦袋。」他用微弱到幾乎聽不到的聲音說，「清醒啊。」這樣的狀況又持續了兩圈。

我不知道，老人想。他每次都覺得自己要昏倒了。我不知道。不過我會再試一次。

他再試一次，拉到魚轉向的時候，他覺得要昏倒了。那隻魚調整方向，再次緩慢游開，巨大的尾巴在空中搖擺。

我會再試一次，老人答應自己，雖然雙手已經發軟，眼睛也只能斷斷續續看清前方。

他再試一次，結果一樣。所以他想：我要再試一次。可是他還沒動手，便感覺要暈厥了。

他花了所有功夫、剩餘的力氣，以及他早就蕩然無存的自尊，抵抗那隻魚的掙扎，魚側身靠了過來，就這樣側身緩緩游動，嘴喙幾乎碰到小船的鋪板，銀底帶著紫色線條的身體，既長又高聳、寬闊。他游經小船的時候，巨大的就像沒有邊界。

老人放下魚線，踩在上頭，盡可能高舉魚叉，用盡所有力氣與突生的力量，一舉插下，那隻魚巨大的胸鰭在半空高舉起來，伸到老人胸口的高度，魚叉插在他胸鰭後方的身側。老人感覺魚叉刺進去了，於是壓在上頭，讓它刺得更深，用全身的力量推下去。

那隻魚精力充沛起來，瀕臨死亡，高高跳出水面，露出龐大的完整身長與體寬，顯現所有力與美。他看起來就像懸在老人的上空，接著他嘩啦落入水中，水花濺在老人與整艘小船上。

老人頭昏又不舒服，看不清楚前方，但著手整理魚叉的線，讓線慢慢滑過皮開肉綻的雙手。等他看清的時候，那隻魚已經仰躺，露出銀色的肚皮。魚叉的柄斜斜突出於那隻魚的背上，他心臟流出的紅血讓海水變色，一開始顏色很深，就像藍色水中有塊沙洲，位在一哩外的深處。血像雲一樣地散開來。那隻魚呈銀色，靜止不動，隨波浪漂動。

老人在視野清晰的瞬間小心觀察。他將魚叉的線在船頭的繫樁上轉了兩圈，頭埋在雙手裡。

「讓我保持腦袋清楚，」他靠著船頭板說，「我是累壞的老頭子。可是我殺了這隻魚，殺了我的兄弟，現在有些苦工得做了。」

我必須準備套索和繩子，將他綁在旁邊，老人想。即使我們有兩個人，將船先更浸到水中，運他上來，再把水汲出去，這艘小船也絕對承受不了他。我必須準備好所有東西，再拉他過來，綁好他，豎起船桅，張帆回家。

老人開始將魚拉近，讓他到旁邊來，這樣才能將線穿過魚鰓，從嘴巴拉出來，把頭顱綁在船頭旁。我想看看他，他心想，也想碰碰他、感覺他。他是我的好運。不過這不是我希望自己感覺他的原因。我想我感覺到他的心，就在我將魚叉的柄再次向下推的時候。現在拉他過來，綁住他，用一個套索環住尾巴，另一個套索環住腹部，將他綁在小船上。

「快幹活，老頭。」他說。他喝了非常少的一口水。「戰鬥結束了，現在有很多苦工要做。」

他仰望天空，望向自己的魚。他小心翼翼地看向太陽。正午才過去沒多久，他想。信風吹起來了。現在魚線都沒有意義了。我們到家以後，那孩子和我會把線接好。

「來吧，魚啊。」他說。不過魚沒有過來。相反地，他現在躺在浪裡翻滾。老人將小船拉向了他。

他和魚並排之後，將魚頭靠向船頭，不敢相信他這麼巨大。他將魚叉的線從繫樁上解開，將線穿過魚鰓，從嘴裡拉出來，在他的劍形喙上轉一圈，接著穿過另外一邊的魚鰓，在嘴喙上再轉一圈，將兩端的線頭綁在一起，縛在船頭的繫樁上。他割了繩子，去船尾套住魚尾。那隻魚從原本的銀紫色，變成一身銀色，條紋則呈現與尾巴相同的淡紫色，比男人張開的手掌更寬，魚眼看來超然，就像潛望鏡的鏡面，或是宗教行伍中的聖人。

「唯一殺他的方法就是這樣。」老人說。他喝水後舒暢多了，知道自己不會昏倒，他的頭腦清晰起來。看這樣子，魚有一千五百磅以上，他想。也許還重得多。如果他處理過後還剩三分之二的魚肉，以每磅三十分的價錢賣掉呢？「我需要一支鉛筆來算，」他說，「我的腦袋沒清楚到那個地步。不過我想偉大的狄馬喬今天會以我為傲。我雖然沒有骨刺，但雙手和背是真的痛。」不知道骨刺是什麼？他想。說不定我們都在不知情的狀況下長有骨刺。

他將魚身綁在船頭、船尾、中間的槳手座位。他太大了，看起來就像小船邊綁有一艘大得多的船。他割了一段線，將魚的下顎綁起，魚嘴就不會打開，他們也能盡量俐落地航行。他接著豎起船桅，利用搭鉤撐起帆的下桁，拉起縫過的帆。船開始移動，他半躺在船尾，向西南航行。

要分辨西南方，他不需要指南針，只需要感覺信風，觀察船帆的鼓動。我最好放條短線，裝個匙狀假餌在上面，想辦法弄到東西，吸收水分。可是他找不到假餌，沙丁魚也腐爛了。他們經過黃色馬尾藻的時候，他用搭鉤弄來了一塊，搖一搖，讓裡面的小蝦子掉到小船的鋪板上，數量有一打以上，又跳又彈，就像沙蚤一樣。老人用拇指和食指擰掉牠們的頭，吃了下去，連殼和尾巴一起咬碎。牠們非常小，不過他知道牠們很有營養，而且很好吃。

老人的瓶裡還有兩口水，他吃了蝦子以後，喝掉了半口。小船在重重阻礙下，航行算是順利，他用一邊手臂下的舵柄操縱。他看得到那隻魚，他只要看看雙手，感覺自己背靠船尾，就知道這件事真的發生了，不是一場夢。

事情快要落幕時，他一度覺得糟透了，以為這可能是一場夢，直到看見魚躍出水面，落下前動也不動地懸在空中，他很確定這是超級不可思議的事，無法置信。之後他一度看不清前方，即使現在視力已經恢復。

他現在知道那隻魚在這裡，他的雙手和背部證明這不是夢。雙手很快就會復原，他想。把髒血流光，鹽水會治好雙手。真正的海灣有深色的海水，那是最棒的藥。我唯一得做的就是保持頭腦清楚。手完成了自身的任務，我們航行也很順利。魚嘴閉著，魚尾上下豎著，我們就像兄弟在一起航行。

然後他的腦袋變得有點不清醒了，他想，是他帶我返航，還是我帶他返航？如果我把他拖在船後，那答案無庸置疑。如果魚在小船裡也一樣，那樣他會喪失尊嚴，答案也是一樣的。可是他們綁在一起並肩航行，老人心想，如果魚會因此高興的話，那就算是他帶我返航好了。我只是贏在技巧而已，他也從來無意傷我。

他們順利航行，老人將雙手泡在鹽水裡，努力保持頭腦清晰。天上有高懸的積雲，其上的卷雲也夠多了，老人明白微風會持續吹一整晚。老人常常看向那隻魚，好確定這件事真的發生過。

第一隻鯊魚攻擊他，是在一小時之後。鯊魚的出現不讓人意外。深色的血雲沉澱並消散在一哩深的海中，他隨之從深海出現，來得快極了，完全沒有預警，在太陽下從藍色水面躍出，再落回海中，嗅聞氣味，游向小船及魚前進的路線。

他有時會追丟氣味，可是又會尋覓回來，或就靠著一絲氣味，又快又猛地朝此前進。他是非常大的尖吻鯖鯊，天生就屬於海裡速度最快的魚。除了嘴，他的一切都很美麗。他的背藍得跟劍魚背部一樣，肚子是銀色的，皮膚光滑健美。除了巨大的嘴巴以外，其他部分就像劍魚。現在他緊貼水面快速游來，緊閉嘴巴，高聳的背鰭穿越海水，毫無晃動。他闔起的雙唇裡，八排牙齒全都向內傾斜。不是大多數鯊魚的那種金字塔形普通牙齒，他們的牙齒，就像爪般蜷縮的人類手指，幾乎長得跟老人的手指一樣，兩側則銳利的像剃刀刀刃。這種魚天生就是來吃海裡所有的魚，又快又強壯，身懷利器，根本沒有敵人可言。他現在聞到更新鮮的血味，加速前進，藍色的背鰭劃破水面。

老人看著他過來，知道這隻鯊魚什麼也不怕，而且會完全遵照自己的意志行動。他備好魚叉，一邊看鯊魚過來，一邊綁好魚叉的繩子。他之前割了一截去綁那隻魚，這條繩子已經變成短繩了。

老人的思緒現在很清楚，沒有問題，他滿懷決心，但希望渺茫。狀況本來就好到不該長久，他想。他看著鯊魚靠近時，望了一眼那隻大魚。這件事可能也是一場夢吧。我無法讓他不攻擊我，不過我也許可以擺平他。

（西語）鯖鯊是吧，他想。去你媽的。

鯊魚迅速靠近船尾，攻擊那隻魚，老人看見他張開的嘴，與眾不同的眼睛，以及他撲來撕咬尾巴上方的魚肉時，牙齒發出喀嚓作響聲。

鯊魚的頭離開水面，背部也跟著出現，老人一邊聽那隻大魚皮膚與肉被撕開的聲音，一邊猛力將魚叉插進鯊魚頭顱，位置就在雙眼相連的線與鼻子的直向中線交會處。這些線當然看不見，他的眼前只有沉重又尖銳的藍色頭顱，一雙大眼，以及喀嚓作響、猛力擊刺和吞噬一切的魚嘴。不過大腦就在這個位置，老人擊中了。他用染著血汙的雙手，拿一柄結實的魚叉，全力攻擊這個位置。他絕望但堅定，以純粹的敵意出手攻擊。

鯊魚翻了一圈，老人看見他的眼睛沒了生命的氣息，他又滾了一次，身體在繩子裡捲了兩圈。老人知道他死了，可是鯊魚自己不接受。他仰躺，尾巴激烈擺動，嘴巴開闔作響，像快艇一樣激衝海水。魚尾擊打處的海水變成了白色，四分之三的魚身清晰露在水面上，繩子收緊了，顫動而後斷裂。鯊魚安靜地在海面躺了一下子，老人注視著他，他非常緩慢地下沉了。

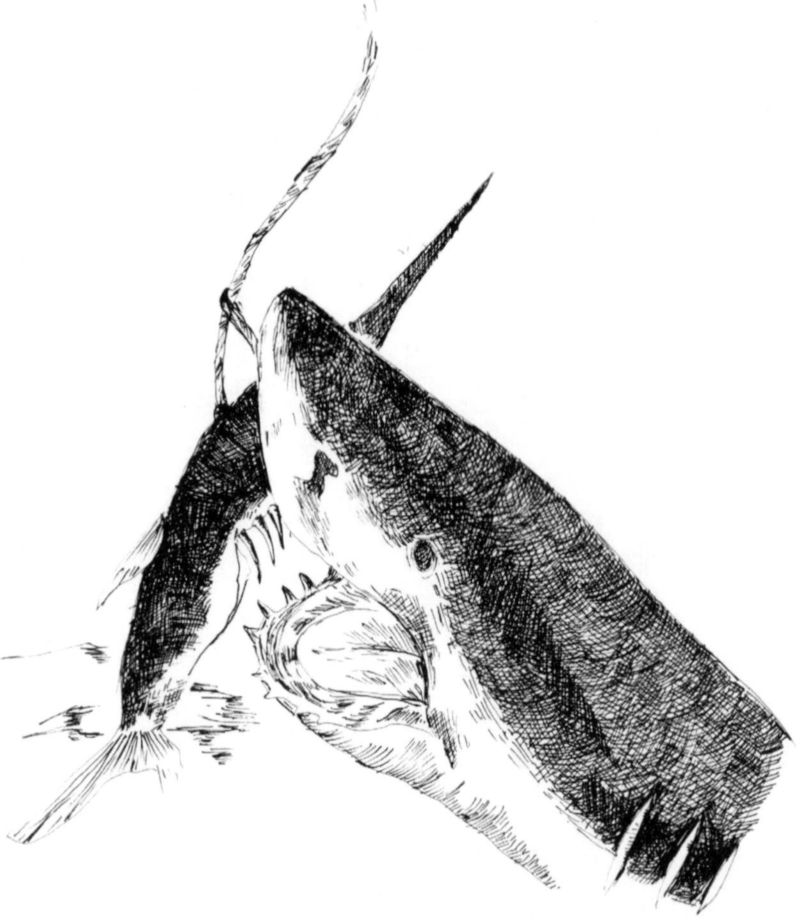

「他咬掉了大概四十磅。」老人大聲說。他也帶走了我的魚叉，還有所有的線，他想，我的魚現在又流血了，之後還會引來鯊魚。

那隻魚變得不完整之後，老人再也不想看他了。他受到攻擊時，老人覺得就像自己受到攻擊。

不過那隻鯊魚攻擊我的魚之後，也被我殺了，他想。他是我見過最大隻的尖吻鯖鯊。上帝知道我見識過大魚。

狀況本來就好到不該長久。我現在希望這是一場夢，我從來沒釣到那隻魚，而是獨自躺在我那鋪報紙的床上。

「不過人可不是生來失敗的，」他說，「人可以被毀滅，但不能被打敗。」但我很抱歉殺了那隻魚，他想。糟糕的時候要來了，我甚至沒了魚叉。尖吻鯖鯊很殘忍、有本事，強壯又聰明。不過我比他更聰明。可能也沒有，他想。我說不定只是裝備比他強。

「別東想西想，老頭，」他大聲說，「照這路線前進，來了就對付吧。」不過我還是得思考，他想，因為我只剩這個了，只剩這個跟棒球。不知道偉大的狄馬喬會不會欣賞我那樣攻擊魚腦？這件事其實也沒什麼了不起。任何人都辦得到。不過你覺得我的手算是跟骨刺一樣的嚴重障礙嗎？我沒法知道。我的腳跟沒有任何毛病。除了在游泳時踩到刺魟的那一次，他刺傷我，我的小腿麻痺，痛得忍不了。

「想想高興的事，老頭。」他說，「你現在每分每秒都離家更近了。而且負擔少了四十磅，前進得更輕鬆。」

抵達海流內側的時候，可能會有狀況，老人很清楚那會以什麼模式發生。不過他現在無計可施。

「有的，」他大聲說，「我可以把我的刀綁到一支槳下。」他用手臂下的舵柄與腳下的帆索完成這件事。

「好，」他說，「我還是個老頭子。不過我有武器了。」

微風清涼，他順利航行。他只看魚的前半部，又恢復了一些希望。

不抱希望也是傻，他想。我甚至認為那是罪惡。不要想什麼罪惡，他又想，問題已經夠多了，還提什麼罪惡。而且我也不了解罪惡。

我不了解，而且我不確定自己是否相信。說不定殺了那隻魚就是一種罪惡。我猜即使是為了保命，餵飽很多人，殺他依然是一種罪惡。不過這樣的話，每件事都是罪惡。不要想什麼罪惡了。現在想這種事太遲了，而且有些人還領錢做這種事呢。讓他們去想吧。你天生就是一個漁夫，就像那隻魚天生是一隻魚。聖徒彼得[27]也曾經是漁夫，就像偉大的狄馬喬之父。

不過他還是喜歡思考自己的所有事，而且既然這裡沒東西可讀，他又沒有收音機，他就想著許多事，也繼續思考罪惡。你殺那隻魚不只是為了保命和賣錢買食物，老人想。你殺他是為了自豪，而且你是漁夫。他生前，你愛

27 聖徒彼得（San Pedro），耶穌的十二使徒之一，本在加利利（Galilee，位於今日的以色列北部）的海邊當漁夫。

他，他死後也是。如果你愛他，殺他就不是一種罪惡。

或是更罪惡？

「你想太多了，老頭。」他大聲說。

不過殺掉鯖鯊這件事，讓你很享受，他想。他跟你一樣靠獵捕活魚維生。他不像某些鯊魚，他不吃腐屍，也不是走到哪吃到哪。他美麗而高貴，無所畏懼。

「我殺他是為了保衛自己，」老人大聲說，「而且我是好好地殺他。」

更何況每樣東西都以某種方式殘殺其他東西，他想。捕魚保住我的性命，也害死了我。

他想到，保住我生命的還有那孩子。我絕不能太欺騙自己。

老人靠向船邊，從鯊魚咬過那隻魚的地方扯下一塊肉，放進嘴裡咀嚼，注意到肉的品質和美味，既紮實又多汁，就像紅肉，只是不紅。肉裡沒有筋，他知道這會在市場賣到最好的價錢。不過它的氣味不可能不隨海水逸離，老人知道非常惡劣的時刻要來了。

微風穩定吹送。微微退向東北方，他知道這代表風不會停。老人看向前方，但既看不到別的船帆，也不見其他船隻或任何船冒出的煙。視野裡只有飛魚掠過船頭，到另一側去，還有一塊塊的黃色馬尾藻。甚至連一隻鳥的身影都沒有。

他坐在船尾，有時吃一小塊馬林魚肉，想辦法休息維持體力，航行了兩小時之後，看見了兩隻鯊魚的第一隻。

「哎。」他大聲說。這個字無法解釋，如果有人發現自己的雙手被釘在木板上，無心發出了聲音，可能聽起來就是這樣吧。

「（西語）白鰭鯊[28]。」他大聲說。接著他看到第二隻遠洋白鰭鯊的鰭，正從第一隻後頭冒出來。老人從三角形的棕色鰭與魚尾掃蕩的動作，認出他

28 遠洋白鰭鯊（Oceanic whitetip shark），古巴當地俗稱其為「galano」。

們是鐮鼻的鯊魚。他們聞到氣味，興奮起來，因為過度飢餓而笨拙，不斷追丟氣味，又興奮地尋回。然而他們始終在靠近。

老人繫好帆索，綁牢舵柄，拿起綁著刀的槳。他盡可能輕巧地舉起槳，因為痛苦讓他的雙手不聽使喚。他輕輕地在槳上開闔著手，試圖放鬆。他緊實握拳，讓手能承受痛楚，不會退縮，就這樣看著鯊魚來臨。他現在看得到他們寬闊而平坦、有著鏟形尖端的頭顱了，還有他們末端呈現白色的寬大胸鰭。他們是可憎的鯊魚，味道難聞，吃腐肉，也殺生，餓起來還會啃咬槳與船舵。海龜睡在水面的時候，就是這種鯊魚會弄斷龜足和鰭狀肢，餓起來還會在水裡攻擊人，就算對方身上沒有魚血氣味或魚身黏液也一樣。

「哎，」老人說，「白鰭鯊啊，來呀，白鰭鯊。」

他們來了。不過他們前來的方式跟尖吻鯖鯊不同。一隻轉向，鑽到小船底下，老人看不見他，只感覺他拉扯那隻魚造成的船身搖晃。另外一隻魚用細長的黃色眼睛看著老人，隨即快速撲來，半圓的嘴巴大開，咬向那隻魚被咬過的地方。他清晰地露出棕色頭頂的那條線，還有後方腦部連接脊髓的地方，老人將裝在槳上的刀插進兩者的會合處，拔出來，再插進那隻鯊魚貓眼似的黃眼睛。鯊魚放開那隻魚，滑了下去，一邊吞著咬下的肉，一邊死去。

小船仍在搖，因為另一隻鯊魚在摧毀那隻魚，老人放開帆索，任小船往舷側的方向轉，讓那隻鯊魚從船下現身。他看見那隻鯊魚後，靠在船邊，猛力攻擊他，但只打到堅實的皮肉，幾乎無法將刀戳進鯊魚的身體。這一擊不只傷到老人的雙手，也讓他的肩膀作痛。可是鯊魚迅速上升，伸出頭來，鼻子露出水面，靠在那隻魚上，老人迎面打中他平坦的頭頂中央。老人收回刀，再次攻擊他同樣的部位。他仍然不願放開那隻魚，咬著不鬆口。老人將刀戳進他的左眼，那隻鯊魚還纏著不走。

「不放？」老人說，將刀插進脊椎與腦之間。現在可以輕鬆插中這個地方了，他感覺到刀切斷了軟骨。老人收回槳，將刀插進鯊魚嘴來撬開。他轉動刀刃，鯊魚鬆口了。老人說：「去吧，白鰭鯊。滑個一哩深。去看你朋友，或那可能是你母親呢。」

老人擦了刀刃，放下槳。他找到帆索，船帆吸飽了風，他讓船繼續朝原本的航線前進。

「他們一定吃掉他四分之一的身體，最棒的肉。」他大聲說，「希望這是一場夢，我從沒釣到他。這件事我很抱歉，魚啊。這樣一來，一切都不對了。」他住口，現在不想去看那隻魚。他流了血又受波浪沖刷。顏色看起來就像鏡子的銀色背面，仍然看得見條紋。

「我不該到那麼遠的地方去，魚啊，」他說，「那對你、對我都不好。魚啊，對不起。」

好，他對自己說。他檢查綁住刀子的繩索，看有沒有被割斷。讓手恢復正常，因為接下來還有其他鯊魚要來。

「真希望我有一顆磨刀石。」老人檢查槳末的繩子後說，「我應該帶一顆石頭來才對。」你應該帶很多東西來，他想。可是你都沒有帶，老頭。現在沒空想你沒有什麼東西了，想想你可以運用手邊的東西做什麼吧。

「你給我一堆忠告，」他大聲說，「我聽累啦。」他將舵柄挾在腋下，雙手泡在水裡。小船前進中。

「不知道最後那隻魚吃掉多少肉。」他說，「不過船現在輕多了。」他不願思考那隻魚被撕爛的下側身體。他知道那隻鯊魚每一次急速的碰撞都有肉被撕了下來，這隻魚現在為所有鯊魚製造了一條寬得像高速公路的海上嗅跡。

這隻魚能讓一個人吃上一整個冬天。不要想這個了。休息就是了，想辦法讓手恢復正常，保護他剩下的身體。我手裡現在的血味，跟水裡那些氣味相比，根本不算什麼。更何況也沒流多少血。沒有什麼了不起的傷口。流血說不定能防止左手抽筋。

我現在能想什麼呢？他思考著。什麼都不行。我什麼都不能想，要好好等待下一批鯊魚過來。我希望這真的是一場夢。可是誰知道呢？說不定會有個好結局。

下一隻鯊魚，是單獨現身的犁頭鯊。他出現的方式就像豬到了食槽，只是豬沒有他這樣的嘴巴，大到你能把頭塞進去。老人讓他攻擊那隻魚，然後拿綁在槳上的刀子插進他的腦部。那隻鯊魚翻滾時猛然向後扭，刀刃就折斷了。

老人坐下掌舵，甚至沒去看那隻大鯊魚在水中緩慢沉下，看起來先是原本的大小，之後變小，接著幾乎看不到了。這種畫面總是讓老人很著迷，可是他現在甚至沒去看。

「我現在有搭鉤，」他說，「不過有它也沒什麼好處。我有兩支槳，有舵柄和短棍。」

他們現在可以打敗我了，他想。我太老了，沒法用棍子打死鯊魚。可是只要我有槳、短棍和舵柄，我就會努力下去。

他再次在水中浸泡雙手。快要傍晚了，除了海與天空，什麼也看不到。空中的風比之前更大，他祈禱陸地出現在眼前。

「你累了，老頭。」他說，「心裡累了。」鯊魚在太陽即將下山前都沒來攻擊他。直到老人看見幾片棕色的鰭，隨著那隻魚在水中必然留下的寬闊嗅跡而來。他們甚至沒有隨著那股氣味徘徊，直接並肩游向小船。

他固定舵槳，綁好帆索，到船頭下方拿棍子。它本來是槳柄，但那支槳壞了，槳柄就被鋸下來用，大約兩呎半長。因為把手的關係，只有單手拿著才方便用。他用右手緊緊握住，一邊活動一下手，一邊看鯊魚到來。兩隻都是白鰭鯊。

我得讓第一隻好好咬上來以後，再打他的鼻子，或是迎著頭頂一棒。

兩隻鯊魚一起靠近，老人看到最靠近的那隻張嘴，咬住魚的銀色腹側，他就高舉棍子，用力往下揮，猛力打向鯊魚寬闊的腦袋。他感到棍子擊中時的橡膠韌實感，也感到骨骼的堅硬。他更用力地再打一次，擊中鼻子，鯊魚從那隻魚身上滑了下去。

另一隻鯊魚一直來來去去，現在再度游來，張大了嘴。他衝向那隻魚，闔上嘴巴時，老人看見那隻魚的肉屑散溢在鯊魚嘴角。他向鯊魚揮棍，只擊中頭部，那隻鯊魚看著他，然後扯下那塊肉。他溜開去吞嚥的時候，老人再次揮棍，只得到鈍重的橡膠韌實感。

「來啊，白鰭鯊。」老人說，「再來啊。」

鯊魚衝了過來，老人在他闔嘴時擊中了他。他盡可能高舉棍子，紮實打中那隻鯊魚。這次他感覺到大腦底部的骨頭了，老人再往同一位置打，鯊魚緩慢撕下一塊肉，就從那隻魚身上滑開了。

老人防備他再過來，但兩隻鯊魚都沒再出現。接著，他看見一隻在水面上繞著圈子游。他之前沒看到第三隻鯊魚的鰭。

殺死他們是想都不用想。我年輕力壯的時候是辦得到。不過我也把那兩隻打成重傷了，他們不可能多好受。如果我能拿棒球棍，雙手施力，可以殺掉第一隻沒問題。就算現在也一樣，他想。

他不想看那隻魚，深知那隻魚已經被毀了一半。他跟鯊魚搏鬥的時候，太陽下山了。

「很快就會天黑，」他說，「然後我應該就會看到哈瓦那的燈火。如果我太靠東邊，則會看到某個新開發海灘的燈光。」

我現在不可能在太遠的地方，他想。希望沒有人太擔心我，當然也只有那孩子會擔心，不過我肯定他會有信心。很多年邁的漁夫會擔心，另外還有不少人會替他憂心。我住的是一個善良的小鎮。

他再也無法對那隻魚說話，因為魚被蹂躪得太嚴重。

他突然有了一個想法。

「你沒個魚樣了。」他說，「但你原本是好好的一隻魚啊。很抱歉我去了太遠的地方。我毀了我們兩個。不過你加上我，我們殺了很多隻鯊魚，還毀了很多其他的魚。魚老兄，你殺過多少魚？你頭上那根矛，可不是什麼都沒幹過啊。」

他喜歡想著這隻魚，想著他若自由游動，可以如何對付一隻鯊魚。我應該把他的喙劈下來對付鯊魚。可是這裡沒有小斧頭，後來也沒有刀了。不過如果我劈下他的喙，就可以綁在槳的末端，多強的武器，我們便能一起戰鬥。

如果他們夜裡來襲，你要怎麼辦呢？你能怎麼辦？

「跟他們鬥。」他說，「我會跟他們鬥到死為止。」

如今在黑暗中，沒有亮光照耀，沒有燈火，只有風和船帆穩定的拉曳，他覺得自己說不定已經死了。他合攏雙手，摩娑掌心。它們可沒死，他可以單單藉著開闔手掌，得到活生生的痛楚。他靠著船尾，知道還沒死，他的雙肩告訴他了。

我許了願，如果我抓到那隻魚，我要念禱文，他想。可是現在太疲憊了，沒辦法念。我最好拿布袋蓋著肩膀。

他躺在船尾，操控船的方向，注意著天空將要出現的光輝。我擁有一半的他，老人想。走運的話，我說不定還能把前半部帶回港口。我應該有些運氣。不，他說。你出海的位置太遠，那時就已經糟蹋你的運氣了。

「別傻了，」他大聲說，「保持警覺，好好掌舵。你可能還有很多好運。」

「有哪個地方賣運氣呢？我可是想買一些。」他說。

我能用什麼東西買呢？他自問。我能用不見的魚叉、折斷的刀和受傷的雙手來買運氣嗎？

「可能可以，」他說，「你試過用出海八十四天來換取好運。你也幾乎是買到了。」

我不能再想無聊的事了。運氣這個東西，會以很多形式出現，誰認得出來啊？不過我願意買任何形式的，要我付出什麼都好。真希望我看得到那些燈火的光芒，他想。我有太多願望了，不過我現在希望的就是這件事。

他努力把掌舵的姿勢調整得更舒服。痛楚讓他知道他還活著。

大約在晚上十點，他看見市區反映的燦爛燈火。燈火一開始隱隱約約，就像月亮升起前，天空中會有的光輝。從海上看去，逐漸變得清晰起來，逐漸增強的風，現在掀起了大浪。他駕船進入那片光芒，現在很快就會碰上海流的邊緣了。

事情已經結束了，他想。鯊魚可能會再攻擊我。可是你沒有武器，在黑暗中能怎麼抵抗他們呢？

他身體僵硬又痠痛，傷口和緊繃的部位，都隨著夜晚的寒冷而作痛。我希望不用再搏鬥了，他想。我好希望不用再搏鬥了。

不過到了午夜，他再度加入戰局，即使他知道這次徒勞無功。他們成群出現，他只看得見魚鰭在水中形成的線條，還有他們撲向那隻魚時，身上發出的磷光。他用棍子毆打他們的頭，聽見他們闔嘴的聲音。他們在船底咬嚼時，小船隨之震動。老人絕望地用棍子毆打僅能感覺及聽見動靜之處，察覺有東西咬住棍子，接著棍子就不見了。

他猛力從舵上抽下舵柄，雙手握著，拿來擊打和砍劈，一次又一次攻擊。可是他們現在撲到船頭，一隻接一隻地衝來，撕掉一塊塊在海底閃著光芒的肉，轉身再回來。

接著，終於有一隻魚撲向那隻魚的魚頭，老人知道一切都完了。鯊魚嘴巴卡在魚頭撕不開的堅硬處，老人將舵柄揮向他的頭顱。他打了一次、兩次，然後再一次，聽見舵柄破裂的聲音，將裂開的末端插向那隻鯊魚。他感覺它插進鯊魚的身體，明白它的銳利，於是又插了一次。鯊魚放開那隻魚，滾走了。他是這一群鯊魚中最後來的一隻。已經沒有東西可以給他們吃了。

老人幾乎無法呼吸，覺得嘴裡有股奇怪的味道。嘗起來像銅，有甜味，他害怕了一下，不過味道沒有留存太久。

他往海裡啐了一口說：「吃這個，白鰭鯊。做個你殺人的好夢吧。」他知道自己終於被擊敗了，沒救了。他走回船尾，發現舵柄斷裂的末端可以插進舵的溝槽，夠讓他操舵。他將布袋披在肩上，讓小船進入該有的航線。他現在航行得很輕快，既沒有什麼念頭，也沒有任何感覺。他經歷了每件事，盡可能順利又明智地駕著小船回到港口。

夜裡，一群鯊魚攻擊魚的殘骸，就像有些人會撿拾桌上的麵包屑。老人沒有管他們，也沒有管其他的事，只是繼續掌舵。他只注意到身上沒拴著龐大的負擔，小船航行得多麼輕盈，調整方向多麼順利。

她很好，他想。她完整無缺，除了舵柄以外，任何一方面都沒有受傷。舵柄要換很容易。

他感覺到現在位在海流裡了，看得到沿岸海灘聚落的燈光。他知道如今身在何處，回家是小事了。

無論如何，風是我們的朋友。他又補充：有時候是。廣大的海上，有我們的朋友和敵人。還有床，他想。床是我的朋友。就光是一張床，他想。床可以妙不可言。被擊敗是很輕鬆，他想。我從不知道被擊敗是那麼輕鬆。那是什麼擊敗了你呢？他想。

「沒有東西擊敗我。」他大聲說，「是我走太遠了。」

他航進小小的港口時，露臺酒吧的燈光已經熄滅，每個人都睡著了。微風逐漸增大，現在吹得很強。不過港口很安靜，他航進石頭下那一小塊礫石灘。沒人幫他，所以他獨自把船拉上來，跨到船外，將她綁在一顆石頭上。

他解下船桅，將帆捲起紮好，扛著桅杆，開始往上爬。這時他才知道有多疲倦。他停了一下，回頭看，街燈映出那隻魚龐大的尾巴，完好豎在小船船尾的後方。他看見魚脊骨裸露的白色線條，一大塊漆黑的頭顱，刺出的喙，還有其間所有光禿之處。

他再次開始攀爬，爬到高處時，他倒下躺了一陣子，船桅仍橫在他的肩上。他想起身，可是太難了，他坐在原地，一肩扛著桅杆，看著道路。一隻貓逕自從遠處經過，老人看著牠。

他只是望著這條馬路。

最後，他放下船桅，站了起來。他搬起船桅，放到一邊肩上，開始沿著路走，中途不得不坐下來五次，才抵達他的小屋。

他進了小屋，將桅杆靠在牆上。黑暗中他找到一瓶水，喝了一些，接著來到床上，將毯子拉上來蓋住肩膀、背部和雙腿，臉朝下睡在報紙上，兩條手臂筆直伸出，掌心朝上。

男孩早上探頭進來時，他正在睡覺。風吹得太強了，船無法出航，男孩睡得晚，跟每天早晨一樣，來到老人的小屋。男孩聽到老人在呼吸，看見老人的雙手哭了起來。他非常安靜地離開，去帶一些咖啡回來，一路上哭個不停。

眾多漁夫圍著小船，望著綁在船邊的東西。一個漁夫站在水中，捲起褲管，用一條線測量那具骨骸。

男孩沒有下去，他去過了。別的漁夫正為他看管那艘小船。

「他怎麼樣了？」一個漁夫大叫。

「在睡覺。」男孩喊道。他不在乎大家看到他在哭。「任何人都別吵他。」

「他從鼻子到尾巴有十八呎啊。」測量魚身的漁夫喊道。

「我相信。」男孩說。

他去露臺酒吧要一罐咖啡。

「要熱，要放很多牛奶，還有糖。」

「還要別的嗎？」

「不用。之後我再看他吃得下什麼。」

「真了不起的魚。」老闆說，「從來沒有這種魚出現。你昨天捕到那兩隻魚也不錯。」

「我的魚爛斃了。」男孩說完又開始哭。

「你想喝什麼嗎?」老闆問。

「不用,」男孩說,「跟大家說不要吵桑迪亞哥。我會再回來。」

「跟他說我很遺憾。」

「謝謝。」男孩說。

男孩帶著熱咖啡到老人的小屋,坐在他旁邊,等他醒來。他一度看起來像是醒了,可是又回到深沉的睡眠裡。男孩到外面的馬路,借了一些柴薪回來加熱咖啡。

老人終於醒了。

「你繼續躺著,」男孩說,「喝這個。」他倒了一些咖啡到玻璃杯裡。老人接過杯子來喝。

「他們打敗了我,馬諾林。」他說,「他們真的打敗了我。」

「他沒有打敗你。魚沒有打敗你。」

「對。的確沒有。是之後發生的事打敗我。」

「佩德里寇在顧船和裝備。你想怎麼處理那個頭？」

「讓佩德里寇切碎它，用來做魚餌吧。」

「喙呢？」

「你想要就留著。」

「我想要。」男孩說，「我們現在得把其他東西計畫好。」

「有人來找我嗎？」

「當然有。海岸巡衛隊，還有飛機。」

「海太大，一艘船又小又難看見。」老人說。他注意到跟人對話多麼愉快，不像只能對自己或大海說話的時候。「我那時很想你。」他說，「你捉到什麼了？」

「第一天捉到一隻魚。第二天也一隻，第三天兩隻。」

「好極了。」

「我們再開始一起捕魚吧。」

「不行。我運氣不好。我的運氣再也不會好了。」

「管運氣去死，」男孩說，「我會帶來好運。」

「你家人會怎麼說？」

「我才不管。我昨天就抓到兩隻魚了。可是我們要再一起捕魚，因為我還有很多東西要學。」

「我們一定得弄柄好殺魚的魚叉，長備在船上。你可以從福特舊車裡翻一個葉片彈簧出來做矛頭。我們可以去瓜納巴寇亞[29]把它磨利。它要很利，但不能淬鍊硬度，不然就會斷了。我的刀已經斷了。」

「我會再弄把刀來，磨利彈簧。風會吹幾天呢？」

29 瓜納巴寇亞（Guanabacoa），古巴地名，位於哈瓦那。

「可能三天。可能更久。」

「我會把所有東西安排好。」男孩說，「你養好手傷，老爹。」

「我知道怎麼照顧它們。晚上的時候，我吐了奇怪的東西，覺得胸口好像有東西斷掉了。」

「那也養好傷。」男孩說，「你躺下來，老爹，我會帶乾淨的上衣來，還會帶一些吃的。」

「把我不在這幾天的報紙帶來，哪天的都好。」老人說。

「你一定得趕快康復，因為我有很多東西可以跟你學，你可以教我所有東西。你吃了多少苦啊？」

「很多哪。」老人說。

「我會帶食物和報紙來。」男孩說，「好好休息，老爹。我會從藥局帶東西回來治你的手。」

「不要忘記跟佩德里寇說魚頭給他。」
「好。我會記得。」
男孩出門，走上那破爛的珊瑚岩路之後，又哭了。
這天下午，露臺酒吧有個觀光客派對。一個女人往下看，在空啤酒罐與巴拉金梭魚屍之間的水裡，看見一大副又長又白的脊椎骨，末端接著龐大的尾巴，隨著浪潮載浮載沉，東風正在港口外掀起規律而沉重的大浪。
「那是什麼啊？」她指著那隻大魚的長長背骨，向一個服務生問道。那脊骨現在只是垃圾，等著被潮浪沖走。

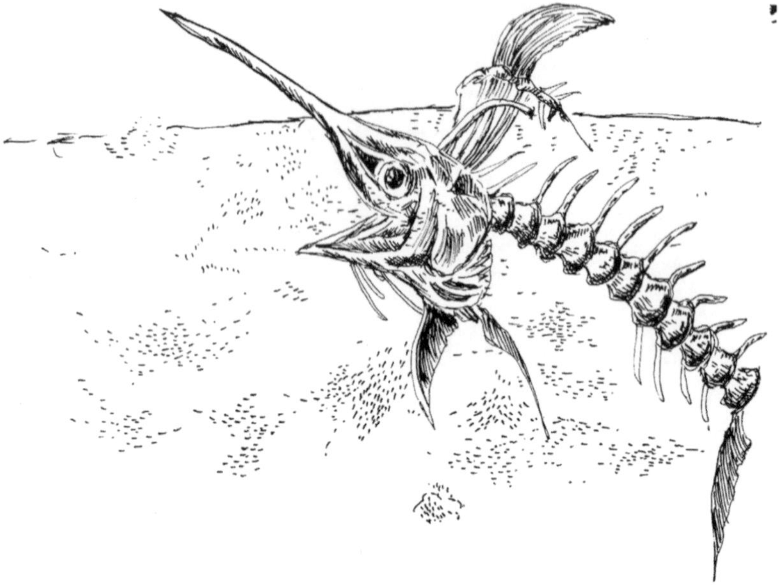

「Tiburon（西語），」他說，「就是鯊魚。」他想解釋發生的事。

「我不知道鯊魚的尾巴這麼氣派，形狀又美。」

「我也不知道。」她的男伴說。

路邊的小屋裡，老人又睡了。他仍然俯臥著，那孩子坐在一旁看著他。

老人正夢見了獅群。

譯後記

傅凱羚

海明威獲得普立茲小說獎及諾貝爾文學獎之後，不到十年，就在地下室舉槍自盡。據說妻子聽到聲音，趕下樓來，看見丈夫的頭部僅剩嘴部和下巴——畢竟那是一把雙管獵槍。

數十年後，一位始終熱愛海明威的美國作家，效法他，在家中舉槍自殺，用的是點四五手槍。

雙管獵槍與點四五手槍，就是海明威與其他人在我心裡的差異。

「冰山理論」是海明威作品最大的研究標的，水面下八分之七，水面上八分之一，累贅不消說，過於出色的語句也遭刪去，目的是追求整體的強勁。為此，他不是一個迅捷的作家，作品在完成初稿之後，他仍會花大量時間刪改。

換句話說，他始終是個細緻、小心翼翼的創作者，既非小說李逵，也非雜文魯智深。他明確分析出文字及段落的價值，紮實攻擊他想進入的文學境界，結果也的確成績斐然。這是否與那大鬍子的粗莽形象相衝突呢？

我們知道他將費茲傑羅視為對手，將莎士比亞視為待超越的勁敵；他結了四次婚，將墜入愛河視為產出卓越作品的契機；他苦於身體病痛，幾度近乎滑稽地遭受連串重傷；酗酒，好鬥，熱愛種種武勇技事。他著迷奔牛節、拳擊、從軍、打獵，與重磅大魚單挑。然而如此奔騰及浪漫的性格之下，他赫然是一位高度節制的作者。《老人與海》是他持「冰山理論」的極致展現，也從此成為他唯恐無法超越的作品。

所以每次讀海明威，我都感焦灼。第一種焦灼，是著意其浪漫，而無視其節制；知其節制，而不意其浪漫；又或知其浪漫，亦知其恐懼，卻從未將他當作一個活生生的人看待，彷彿他應當萬分豪邁，因各種戰鬥而一身是傷，每一吋傷痕都有其彰顯生命意義的正確性，每一個嗜好都在捍衛愛與美，每一段交往都無法言喻地交心。第二種焦灼，交予同為創作者的自己，因為即便是海明威如此大開闔之人，對創作亦付出高度的理性及慎重；且縱然如此，他對創作也終無安歇停筆的一刻。第三種焦灼：徒勞就是徒勞，勇敢不屈，仍是徒勞。譬如《老人與海》。

《老人與海》是我十歲起的摯愛。幼時讀硬殼注音本，兼有插圖，簡明中的簡明。故事英武，但更誘惑孩童如我之處，是其中所寫的生食魚肉，竟然讓人感到不可思議地鮮美。一手持線，一手舉刀割魚，肉質如何彈牙，連缺席的種種滋味，也檸檬是檸檬，鹽粒是鹽粒，妙不可言。從此我無懸念地長成一個嗜好生食魚肉的大人，待得初看這本書的多年以後，讀其巴黎回憶錄《流動的饗宴》，才確認海明威畢竟不是食不甘味的粗人，他全然能對形色飲食如數家珍。

而後砂礫般的成長歷程來臨。我一直認為文字有其危險及療癒的本質：文字敘述本身就是一種對事物的命名，身為人類役使的工具，它沒有全然的客觀可言。我們先定義了何謂「陌生」，進而使用「陌生」一詞定義許多人事物，以便讓這些對象在我們腦中有跡可循，使我們不再如此膽怯，使人與人之間更具備可靠的聯繫，使一切事物在主觀中不再如此漫無方向。然而我們因此失去了自由不拘，謊言也隨之而生，我們再無全然的陌生。語言永遠是錯置。

漫長的爭鬥之後，桑迪亞哥將死去的馬林魚繫在小舟旁。他對於勝出感到惶恐，對生命消逝的敵手依然敬畏。然而征途尚未結束，他像載送摯友屍體返鄉，卻遇上了缺乏尊嚴的匪盜。

那的確是千金之軀。那種掠奪應當向著同類，而非向著他與他的朋友。

桑迪亞哥用盡氣力，奮力就破舟上的所有，湊出尖銳武器，反擊那些可恥的生物。

然而馬林魚終於只剩一具骨骸，龐大、罕見，仍是骨骸。桑迪亞哥告訴馬諾林：「他們打敗了我。」他沒有跟馬諾林說：「我奮戰到最後一刻。」也沒有說：「我殺死了許多鯊魚。」他說：「他們真的打敗了我。」只有骨骸跟他回家。他說：「我的運氣再也不會好了。」徒勞就是徒勞，勇氣不會使徒勞成為收穫。徒勞也無法泯滅勇氣，它們敬愛彼此，就像桑迪亞哥與那尾馬林魚。

抱著雄心出海，拖著骨骸回家的老人，不知從何開始，成為我生命的重要隱喻，十歲以來，隨著逐漸長成，赤裸脊骨的白色線條逐漸浮出。許多簡短的評論中，總說《老人與海》如何榮耀地顯現人類不屈不撓的奮鬥精神，說久了，那竟然像一句塑膠話，一個加工過的罐頭，你從中聞不到工廠宰割魚隻的腥氣，聞不到港口海風的鹹味，將之當成理該如此。你的心中隨而缺乏感受及圖景，永遠無法明白老人面對每一役的震顫與看透，無法明白日升日落予人的喜悅及悲哀，無法體會乘浪浮游於海，與諸種魚禽獸藻為友的孤單與熱鬧。你讀過這行字：「不屈不撓」，但你實際上不懂得這四個字要以什麼來換取。

對我來說，這就是讀經典文學的理由。至今這篇小說對我仍有許多未明待探索之處。桑迪亞哥定義了我的大量感受，也似乎隱隱預言了未來，使我不再畏懼，卻也益加膽怯。懂與不懂之間，實無何者更好。也許桑迪亞哥少的就是一點幸運。也許他並不少些什麼，他本該落得如此。

我心裡的海明威純真而明亮，好鬥，帶點瘋，挑釁，脆弱又高傲。他以每次戰鬥來確立自己的存在，因之殷殷維繫對手的尊嚴。他懂得愛及追悔，懂得受傷及傷人。他享受生活，有時享受得過激，十分可愛。

他晚年有高血壓與肝疾。他與不同的友人決裂。大火曾將他嚴重燒傷。他罹患痢疾，曾經嚴重腦震盪，內臟破裂，脊椎重傷，括約肌失能。他離婚數次，經歷過世界大戰兩次。他渴求從軍卻過不了體檢。年輕的時候，他嚮往戰地，與友人租了車，四處追逐落下的砲彈。父親在他的青年期自殺。他幼時曾經被打扮成女娃娃，學過大提琴。他討厭自己的名字。即便在獲得諾貝爾文學獎之後，他也曾遭出版社拒絕出書。

這些語句輕巧而遙遠，稍一不慎，聽來就像別人發生的事，或是很久以前的事情一樣。

故事背後的故事

編輯部

《老人與海》出版背後的真實故事，其精彩程度與小說內容相較，並不遑多讓。首先要從一九四〇年說起，自《戰地鐘聲》付梓後，整整十年，海明威沒有發表任何新作，且長年隱居於古巴鄉間，簡直就是處於退休狀態。直至一九五〇年，終於出版長篇小說《過河入林》，企盼已久的讀者亦馬上給予熱烈回應，將《過河入林》推向他過去不曾攻占的《紐約時報》排行榜榜首。

雖然新書成績斐然，但在評論界卻引來正反兩極的評價，甚至出現了「作家老矣，應該封筆」的聲音，一向以硬漢自詡的老爹（papa，海明威的暱稱），深深遭受打擊。但男人能被摧毀，豈能被打敗！海明威很快就振作起來，僅僅花了八週寫作，完成原文不到三萬字篇幅的《老人與海》。

值得注意的是，這次的新書稿並不是直接由史克里布納出版社出版，而是先在《生活》（*Life*）雜誌發表。對於海明威所賦予的重任，《生活》非常慎重其事，並做了一次大膽的賭注，他們一口氣網羅六百位當代文學界的重要作家、評論家試讀，名單之廣，甚至連遠在韓國旅行的詹姆士．米契納（James Michener，普立茲小說獎得主）都受到邀請。米契納在《文學反思》（*Literary Reflection*）記述，當初《生活》的代理人至韓國拜訪他時，神祕兮兮地將書稿交給他，並聲稱這是紐約編輯部外「唯一的極機密稿子」，要求他務必保密。事後米契納才知道，同時有六百份一模一樣的稿子，交到世界各地的作家手上。與之相比，現代的試讀活動簡直小巫見大巫。這個「我跟（六百個）你說，但你不要跟別人說」的創舉，果然在全球文壇引起大地震，所有人都開始翹首盼望「傳聞中老爹的新小說」何時問世。

一九五二年九月一日這期，以海明威為封面、搶先刊載《老人與海》的《生活》上市，《老人與海》紙本書緊接著出版。這次破天荒的「三方合作」，獲得前所未有的成果：《生活》在短短兩天內，創下了五百萬本以上的驚人銷量；出版社方面，書本隨即攻占排行榜，日後更是暢銷多年至今；而老爹則成功向世人證明，自己不但還能寫，而且是「這輩子最好的作品」。

雖然篇幅不長，且是短時間內寫就，但老人的故事其實在海明威心中醞釀已久。故事最早是出現在一九三六年的《君子雜誌》，這篇散文描述了他與古巴漁夫朋友卡洛斯，在墨西哥灣流進行「big game fishing」的趣事，「big game fishing」是海明威非常熱衷的活動，是憑著一根釣竿，和魚進行一對一的「競技」。在航程中，海明威被卡洛斯說的故事給深深打動：一名古巴老頭獨自駕著小船（skiff），在古巴外海釣到一隻碩大的馬林魚，由於太深入海中，以致在海上漂流了兩天兩夜後，才被其他漁民尋獲，當他們救起筋疲力竭、陷入半瘋狂狀態的老人時，那隻馬林魚只剩下龐大的骨頭，且周遭環繞著一群虎視眈眈的鯊魚。

海明威認為這是一個極佳的小說題材，並開始著手準備寫作，他在給編輯柏金斯的信中提到，他計畫與卡洛斯搭著小船深入灣流，親身體驗老人的所見所聞。但這個計畫卻被西班牙內戰給打斷，海明威不但親赴西班牙，還在戰火中寫下五千字的草稿，並在之後順利發展成重量級長篇小說《戰地鐘聲》。直到一九五一年，海明威才在他的古巴寓所及愛船皮拉號（Pilar）上，完成了塵封已久的「桑迪亞哥計畫」，整個寫作過程異常順利，且海明威對這次的創作「非常樂在其中」。

一個古巴小漁村，村裡有形形色色的人物，他們有各自的生命歷程，以及交集而成的各種故事。一名老人，也許曾有過心愛的戀人，以及不堪回首或是光榮的事跡……但海明威在創作《老人與海》時，打定主意另闢蹊徑，將故事聚焦在老人以及馬林魚上，並移除了所謂的「象徵」或「寓意」，他說：「好的故事不應該事先賦予象徵，我想寫的就是真實的老人、真實的男孩，以及真實的大海。」他認為，只要描述得夠精確翔實，他們自然就會寓意深遠。

他在《巴黎評論》的專訪中與上述呼應：「我試著移除所有不必要的枝節，讓讀者在閱讀時，能很自然地連結自己的經驗，如此，故事將變得彷彿真實發生過一般。這非常困難，我一直朝這方向努力。」

猶如小說中那個技藝純熟、樂天謙卑的老人，「我一直朝這方面努力。」其實是海明威的自謙自信之詞，他早已達到此境界，就如同諾貝爾文學獎的讚辭：

他嫻熟的敘事技藝，完美展現在《老人與海》之中；同時也深深影響了當代文學風格。

海明威（左）與皮拉號首任船長兼好友卡洛斯（Carlos Gutierrez）合照。攝於 1934 年。

海明威在古巴自家庭院。攝於 1947 年。

與畫家友人亨利 · 史塔特（Henry Strater）近身觀察馬林魚殘骸，推測應該是遭到鯊魚吞噬。攝於 1935 年巴哈馬海灘。。

「big game fishing」的戰利品：大尾的馬林魚。攝於 1934 年哈瓦那港口。

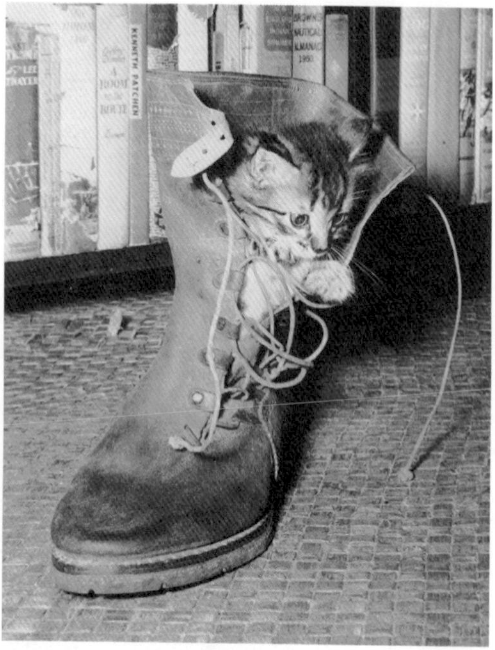

古巴寓所裡的貓咪。海明威從原本不喜歡貓到愛貓成癡，就是在古巴時期養成的。攝於 1950 年代。

1953 年攝於古巴寓所。該年，海明威以《老人與海》獲得了普立茲小說獎。

與愛犬 Negrita 在古巴自家後院。攝於 1950 年代。

駕駛皮拉號於哈瓦那外海。攝影年代不詳。

經典文學22

老人與海
The Old Man and the Sea

作者	海明威（Ernest Hemingway）
譯者	傅凱羚
社長	陳蕙慧
副社長	陳瀅如
總編輯	戴偉傑
責任編輯	黃少璋（初版）、丁維瑀（二版）
行銷企劃	陳雅雯、汪佳穎
封面設計	張巖
內頁插畫	朱疋
照片來源	甘迺迪圖書館 John.F.Kennedy Presidential Library and Museum
排版	宸遠彩藝

出版	木馬文化事業股份有限公司
發行	遠足文化事業股份有限公司（讀書共和國出版集團）
地址	231 新北市新店區民權路 108-3 號 8 樓
電話	02-22181417
傳真	02-22181142
E-mail	service@bookrep.com.tw
郵撥帳號	19588272 木馬文化事業有限公司
客服專線	0800221029
法律顧問	華洋法律事務所　蘇文生律師
印刷	前進彩藝有限公司

初版	2016 年 02 月
二版四刷	2024 年 03 月
ISBN	978-626-314-223-7
EISBN	9786263142244（PDF）、9786263142251（EPUB）
定價	新台幣 250 元

國家圖書館出版品預行編目（CIP）資料

老人與海 / 海明威(Ernest Hemingway)作 ; 傅凱羚譯. -- 二版一刷. -- 新北市 : 木馬文化事業股份有限公司出版 : 遠足文化事業股份有限公司發行, 2022.08
160面 ; 14.8X21公分. -- (經典文學 ; 22)
譯自 : The Old Man and the Sea
ISBN 978-626-314-223-7(平裝)

874.57　　111009424